静かに眠るドリアードの森で 緑の声が聴こえる少女

冴内城人

宝島社

静かに眠るドリアードの森で　緑の声が聴こえる少女

〈1〉序

最初それを見たとき、木の精霊だと思った。

視界の端に一瞬映った不鮮明な白いそれは、夕闇で濃紺に滲《にじ》む防風林の奥へ、溶けるように逃げるように消えていった。しばらく樹間を凝視していても、二度とその姿を目にすることはできなかった。

「おい、どうした」

「和尚さん。今、そこに何かいなかった？」

草壁大樹《くさかべたいき》は目をこすり、後ろからの呼びかけに振り返った。

「何かってなんだよ」

「白い……、妖精とか……幽霊みたいな」

「幽霊って、ここ寺だぞ」

呆《あき》れたように答えた和尚は白い坊主頭をひと撫《な》でして、安っぽい眼鏡をかけ直した。

この森覚寺《しんかくじ》の現住持職、通称が和尚。実際には厳《いか》めしい法名があるのだろうが、近隣の住民は皆そう呼んでいるし、大樹も幼い頃からそう呼んでいる。

「仏教って、幽霊否定派なんだっけ」

「否定派じゃあない。寺なんだから、仏さんはみんな成仏しとるよ。そもそも霊の存在は無記《むき》といって」

「はいはい、説教はまた明日。話、戻そう。こいつの話でしょう」

大樹は意識を切り替えて、目の前の巨木を仰ぎ見た。

運良くなのか悪くなのか天然記念物指定を外れ、ほぼ無管理で森覚寺の敷地内に聳《しょう》立《りつ》する針葉樹の巨木、推定樹齢三百五十年以上の檜《ひのき》である。配達で仏花を届けた際、和尚にどうしてもと頼まれて見にきたのだが。

「もう暗いし見えないね。葉っぱが黄色くなってるって？」

「枯れかかってるってイチャモンつけられたんだよ。なんか昼間に訪ねてきた、なんとかいうところのなんとかってやつに」

「どこの誰なのか何ひとつわからないけど、針葉樹は数年ごとに古い葉が枯れて入れ替わるから、枯れかかってるように見えることはあるよ。というか俺、専門じゃないし」

「なんで。そういう勉強、大学でしてきたんだろ？」

「はい、これ読んで」

大樹は掛けているエプロンを指さした。

「フラワーショップ、ドリアード。専門じゃないか」

「花屋の専門じゃないでしょう。こういうのは樹木医に診せたら？」

「じゅも、何？」

「樹木医、木のお医者さん。造園業者とかに資格持ってる人いるだろうから」

「でも、金かかるだろう」

「そりゃかかるよ」

言って、大樹は巨木に手を触れる。

幹周《みきまわり》は六メートルほど、直幹型で幹高《みきだか》は三十メートルに近い。真下から見上げても梢《こずえ》に遮られ樹芯はうかがい知れず、まわりの防風林に交わることなく、あたかも近辺の木々を統べる王であるかのように君臨している。

ただ、その巨軀《きよく》には衰退の兆しがあり、樹勢が盛んであるとは言えない。樹皮もところどころ剝《は》がれかかっているのが見て取れた。

「ここ、誰かわざと剝がしたんじゃないの。表皮がべりっといってるけど」

「どこよ」

「ほら、ここのところ」

和尚に教えようとして気がついた。大檜の根本、樹皮が剝がれている部分に小さな黒い点がある。屈んで触れてみると、樹皮が剝がれた跡に窪《くぼ》みができていた。五ミリ程度のわずかな窪み。内樹皮が顔を出してしまっている。

自然にこうなるとは考えにくい。人の手で、刃物か何かで削り出そうとしたような。

「ありゃ、傷ができてるじゃないか」

和尚も気がつき、作務衣《さむえ》をたくし上げて覗《のぞ》き込んだ。

「悪戯《いたずら》しやがったの誰だ。仏罰が当たるぞ」

「この木、そんなご大層なもんじゃないでしょ。だいたい、これ何？」

大樹は立ち上がり、檜の脇にある立て札を手ではたいた。

「檜の霊樹って書いてあるんだけど。八百比丘尼《やおびくに》が植えた霊験あらたかって、説明書きも嘘《うそ》っぱちだし」

霊樹ではなく〝お化けヒノキ〟だ。近くに住む者なら誰もが知っている。風が強く吹く日には、檜が嘆き悲しむように哭《な》くことも。

「お化けヒノキじゃ観光客喜ばないだろ。近頃はパワースポットってのが流行《はや》ってるんだよ。こう、霊力が宿ってるって情報を流してやってだな」

「こんな田舎《いなか》町、観光客なんて来やしないよ」

「いや来るんだって。ブログに地元で有名とか書いといてやると、若い子がパワースポット巡りにやってきたりな。おまえさんとこの店だって、観光客来たら潤うだろ」

「まるきり嘘じゃないの」

「嘘じゃねえよ、方便だ」

大樹は聞こえよがしに疲れた息を吐き出した。首を反らして巨木を見上げる。今日は微風しか吹いていない。お化けヒノキの哭き声は聴けないようだ。

「檜の寿命は千年以上って話だから、まだ大丈夫なんじゃないの」

「でも、わからないんだろ？　枯れちまうのかねえ」

肥えた腹をさする和尚の声音は、やや寂しさを含んでいた。幼い頃から慣れ親しんだ巨木が枯れてしまうとなると、大樹にとっても寂しくはある。けれど、こればかりはどうにもならない。哭かないお化けヒノキもまた、今日はうら寂しそうではあった。

「早いとこ樹木医に診せたほうがいい。じゃ、もう行くよ」

「なんだター坊、もう帰るのか。うちでカカアの不味《まず》い飯食ってくか」

「やめとく。あと、ター坊やめて。もう子供じゃないんだから」

和尚に断り、大樹はお化けヒノキをあとにした。

山門脇にある通用口を抜け、石造りの階段を数歩で下りる。砂利が敷き詰められた森覚寺の駐車場に入ってスマートキーのスイッチを押すと、停めてあるワンボックス車から発信音が返った。

派手な花の絵柄と『フラワーショップ・ドリアード』のロゴ。店の商用車である。

運転席に乗り込んで一息。時刻は午後七時をとうに過ぎ、今から戻ってもとっくに店じまいが終わっている頃だろう。

夜の帳《とばり》が下りる前方をヘッドライトで照らしつつ、大樹は車を発進させた。防風林を横に舗装された車道をひた走る。

「目の錯覚……」

なんだろうか。枯れかかっているという檜も気にはなる。が、それよりも。

樹間に消えた白い影が気にかかる。

錯覚のようにも思えるし、違うようにも思える。

洗濯物が夜風に吹かれて飛んできたというのではない。一瞬ではあったが、四肢のある人形《ひとがた》に見えた。今の時間に森覚寺にいるのは、和尚とその奥方、老齢の母親だけ。そのなかで、寺を囲む防風林を彷徨《さまよ》い歩く人間などいるはずがない。

かといって賊が忍び込んだ、というのもしっくりこない。

あの人影は、まるで。

「とっ」

大樹はブレーキを踏み込んだ。舗道を焦がすような勢いで車が止まると、サイドブレーキを引いて外に飛び出す。

見えた。確かに見えた。森覚寺の敷地で見た白い何か。やはり視界の端で、やはり木々の間に溶けるように霞《かす》んで消えた。

車道脇の防風林は、寺の裏手と繋《つな》がっているはず。戦時中に罹災《りさい》して後年植樹されたという杉が林立する暗がりは、もはやほとんど人の手が入らず、植物が繁茂し放題で自然の森のようになっている。

「誰だ」

応じる者はいない。

大樹はアイドリングする車にいったん戻り、常備してある懐中電灯を強く握った。街灯の少ない田舎町の必需品だ。

「よし」

覚悟を決め、漆黒の防風林に踏み入った。

四月初旬だというのに、針葉樹林のなかは肌寒かった。堆積した落ち葉を踏みつけるたびに湿った音が闇に響き、樹木の支配する静けさに割り込んだ闖入者《ちんにゅうしゃ》の存在を際立たせる。水分の多い空気と渾然《こんぜん》となった緑の匂い。懐中電灯に反射した夜露が鈍い光を放つその光景は、玲瓏《れいろう》としていてある意味幻想的だった。

誰もいない。見つからない。

静かだった。人っ子ひとりいないどころか、木々も小動物も葉裏に隠れる昆虫も、寝静まっているかのように深閑としている。

「誰かいるのか」

二度目の誰何《すいか》にも、当然のごとく答えは返らなかった。

垣間見た白い影。それを大樹が、賊のような凶漢に思えなかったのは、弱々しく感じたからだ。儚《はかな》く、どこか寂しげで物悲しい。直感ではあるが、そう感じた。

幽霊でもない。大学を卒業して一年、幽霊に怯《おび》えもしなければ信じる年齢ではない。

では、それなら。自らのエプロンに目を落とす。

『フラワーショップ・ドリアード』

ドリアードとは、ギリシャ神話に登場する森の精霊、ドリュアスのフランス語読みである。木々を傷つける者には報復を与え、自らが宿る樹木の枯死とともに落命するという。

森の精霊、ドリアード。

かぶりを振った大樹は踵《きびす》を返した。引かれる後ろ髪を断ち切って、疲れているのかもしれないと自嘲しながら。

〈2〉ラベンダー

幼少期、ある実験を行った。

菊の鉢植えを二鉢用意し、まったく同じ環境下に置く。一方の菊には毎日優しく声をかけて葉や茎を撫でながら水をやり、もう一方の菊には無言で機械的に水をやる。菊の成長度には如実《にょじつ》に違いが出てくるのである。早期に花を咲かせるのは前者であり、後者は何日か遅れて花が咲く。陽当たりや容器ほか、細部の環境を同じにしたとしても、何度やっても、どうやっても結果は変わらなかった。

――不思議だろう？

教えられたとおりに菊を育てた結果を伝えると、祖父は歯を見せて笑って言った。

――彼らは人の言葉がわかるのさ。

菊花でも、ほかの花でも、茄子《なす》や胡瓜《きゅうり》だって変わらない。植物には心があって、人の言葉が通じていて、優しくしてやるとよく育つんだよ、と。花卉《かき》栽培農家を営んでいた大樹の祖父は、花の蕾《つぼみ》で彩られた畑のなかでそう言っていた。

無論、子供向けの戯《ざ》れ言《ごと》だったのだと今は理解している。外部刺激は植物の生長を抑制し、開花自体を早めるのでよく育ったように見えるだけなのだと。

だが、大樹が多分な影響を受けたのは事実だろう。祖父が他界し、農地を売り払ったあとにも幼い日の思い出として残っていた祖父の言葉は、高校時代、進路選択の指針となった。

植物学を学びたいという大樹の志望に、父はいい顔をしなかった。農地を手放して園芸店を構えた苦労人の父親は、現実というものを知っていた。さりとて優秀な成績を背景に担任からも進学を推されては、一徹な父も折れざるを得ない。最後は仕方なく頷《うなず》いて、不肖の息子を遠方に送り出してくれた。

親元を離れた下宿先での生活は、順調だったと言える。農学部一年の終わりには大学院進学を目標に設定し、三年時には卒業論文のテーマが決まった。研究室の選択も希望が通り、何もなければそのまま院に進んでいたかもしれない。方向性を見失ったのは、卒論予定の概略をまとめ、研究室の指導教員に見せたときだった。

自信があった。称賛されるのではないかと。

ところが、指導教員たる教授からの見解は、期待を裏切るものだった。蔵書が積まれた机で指を組んだ教授は、目尻に深いしわを刻んでこう言った。

「面白いが、夏休みの自由研究の域を出ていない」

赤面したのは言うまでもない。

大樹が手をつけようとしていた卒業研究は、植物の思考、感情の有無に言及した、幼心に残る祖父の戯れ言を、難解な語句を並べて形にしようとしたものでしかなかった。それを子供騙《だま》しで稚拙だと断じられたのだ。教授に諭され、大樹はようやく自分の幼さを思い知った。井のなかの蛙《かわず》が映し鏡と対面させられた気分だった。

卒業研究は別のテーマに変更され、無難に完成させることはできた。が、院に進んで研究を続ける気にはなれなくなった。であれば、就職するほかはない。

希望していたのは植物園。しかし修士課程すら経ていない人間に学芸員など望むべくもなく、当初は就職を考えていなかったせいで就活は遅れに遅れ、目標を失い身を置く場所が決まらぬまま卒業し、既卒での職探しもうまくいかなかった。

結局、故郷に戻ってきたのが今年初めのことだった。就職したのは株式会社草壁商会。就職したと言えば聞こえはいいが、要は家業の手伝いである。

「別にいいんだけどね……」

大樹は独りごち、フラワーショップ・ドリアードのシャッターを力任せに引き上げた。時刻は午前十時過ぎ。日に焼けて色合いが薄くなってきているひさしを見上げ、欠伸《あくび》を嚙《か》み殺して箒《ほうき》を手にする。

店先を箒で掃いていると、店のなかから父、竹治《たけはる》が声を投げつけてきた。

「それで、おまえこの先どうするんだ」

またその話か。大樹は箒を手にしたまま肩を落とす。

「決めてない」

「大学出てもう一年だぞ。いつまでフラフラしてんだ」

「今こうして働いてるでしょうが」

「この町で一生終わるのか。こんな店、いつ畳むのかわからんぞ」

答えられなかった。

実家で働きたくはなかったが、今は将来のことを考えられない。考えたくない。行き詰まったような感覚がわだかまっていた。

「だからあのとき、農協入れって言ったんだ」

ぶつくさ文句を垂れる父を無視して、集めた砂埃《すなぼこり》を塵取《ちりと》りに掃き入れる。頭髪に白いものが交じり始めた父親は、それでも口を閉じようとしなかった。

「学者様なんざ、そうそうなれるかよ。農業学かなんだか知らんが夢見たって」

「植物学な」

箒と塵取りを片付け、店内によけてあったブリキバケツと鉢植えをファサードの什《じゅう》器《き》に並べる。鉢植えに水やりをして店のなかに戻った大樹は、ひそかにため息をついた。

土地の余っている田舎ということもあって、フラワーショップ・ドリアードの店内は奥行きがあり広い。大小の鉢花が什器に並び、別の棚には作り置きのアレンジ花、奥には培養土の袋が積み上げられている。ドリアードは園芸生花の総合店であり、商談用の丸テーブル脇にはいくつかの観葉植物、数種類の空のプランターも商品として置いてある。

壁際のフラワーキーパーには切り花。これを用意するのに手間がかかる。

「おい、早くしろよ。花が傷むだろ」

後方から父の叱責《しっせき》が飛ぶ。

大樹は生返事をしつつ作業台の前に立ち、花桃の枝の先端を金槌《かなづち》で叩《たた》いた。腰のシザーケースから取り出した剪定鋏《せんていばさみ》で、枝の先端に十字の切り込みを入れていく。それを展示用の細長いブリキバケツに放り込み、花桃の水揚げが終わると次はガーベラを手に取った。

仕入れ時期や花の種類によって、水揚げ方法はまちまちだ。ガーベラには水切りが好ましい。手にしたガーベラの茎を数センチ水に浸け、水中で刃を入れる。吸水できる断面積が広くなるよう斜めに裁断し、ブリキバケツごとキーパー内に展示した。

「水の入れ替えもしとけよ。配達入ってるのも知ってるよな」

「はいはいはい……。覚えてるよ」

口うるさい父から逃げるように黒板スタンドを持ち上げ、大樹は背中越しにふと言った。

「なあ親父」

「店じゃ社長だろ」

「はい社長。あのさ、幽霊って信じる?」

昨日森覚寺で見た、樹間の白い影が頭から離れなかった。時間が経《た》てば経つほど記憶も薄れがちになり、現実だったかどうかも曖昧《あいまい》で覚束《おぼつか》ない。

「なに寝ぼけてんだ。グリーン届けるの、忘れんなよ」

観葉植物などの葉物を、グリーンという。

「なんで俺ばっかり配達させられるの」

「配達しなきゃ、おまえの存在意義ないだろうが」

にべもない。

外に出て黒板スタンドを店先に置き、大樹は道路を見渡した。

道路を挟んで斜向《はすむ》かいにある洋裁店は、錆《さび》の浮き出たシャッターが下りている。老夫婦が営んでいたその店は、時代にそぐわず数年前に閉店してそのままだ。シャッター表面に浮き出た赤錆も、色褪《いろあ》せた看板も、数年前と変わらない。

枝打ちされた街路樹、隙間《すきま》から雑草が生えてきている石畳の歩道、塗料の剝げかかった郵便ポスト、継《つ》ぎ接《は》ぎだらけのアスファルト、遠目にある雨ざらしのバス停標識――、久方ぶりに戻った故郷、あすな町《ちょう》のくたびれた風景は、あまり変わっていなかった。

いや、町並みは変わらないが、人通りは減ったとするべきか。商店街入り口にあるドリアードから足を延ばせば点在する農家からも、農繁期の人手が減ったように見える。

それは、以前から徐々に進行していたのだろう。小学校、中学、高校と過ごすうちは気づかなかったが、数年ぶりに戻ってきて実感した。確実に人が少なくなった。ドリアードの客足も遠のき、客層は常連が中心となりつつある。

一見客は減ったが、いないことはない。黒板スタンドに『新生活応援フェア』と書き込んでいた大樹の手元を後ろから覗いた女の子も、見慣れない顔だった。

年の頃は小学生か、今年中学に上がるくらいか。春らしいフレアスカートに薄手のパーカーを羽織った女の子は、大樹の視線が絡むと目を逸《そ》らし、プランターに植えてあるガザニアの葉を指で撫でた。

平日の朝からうろついている小学生を訝《いぶか》ったが、よくよく考えれば学校が始まるのは明日からだ。春休み最後の日を惜しむように散策でもしているのだろう。大樹は少女の気楽な一日を羨ましく思いながら、そろそろ廃棄時期になりそうなスイートピーのブリキバケツを抱えて店内に戻った。

作業台に置いたスイートピーの茎を鋏《はさみ》で切り、エタノールを流し込んだ容器に浸す。

「綺麗《きれい》にしてやるからな」

生花に声をかけるのは、いまだ祖父の影響が残る大樹の癖だった。話しかければ花がより美しくなると、今も心のどこかで信じている。指で触れて直接刺激を与えるのとは違い、言葉、音による植物への影響は深く解明されていないのだが、そうあって欲しいと思う。

「よし、次はおまえ」

花冠《かかん》の形が崩れないよう、丁寧に茎を切っていく。何本目かのスイートピーをエタノールに浸したところで、先ほどの少女が店のなかに入ってきた。

「いらっしゃいませ」

こちらには目もくれず、少女はフラワーキーパーに近づいていく。目的はないようだ。後ろ手を組んでキーパー内の生花を眺めているのを見るに、冷やかしでの入店らしい。

しばらく作業に没頭して、十五分ほど経った頃。

「それは、何をしているんですか?」

少女が抑揚のない声でそう言った。

竹治は奥の事務所に引っ込んでいる。大樹の手元を見ての質問だった。

「これ? プリザーブドフラワーを作ってるんだよ」

「プリザーブド？」

「ああ、切り花はすぐ萎《しお》れちゃうよね。勿体《もったい》ないから、こうして保存するんだよ」

切り花を消毒用エタノールに浸して脱水する。一日も置けば水分が抜け、花の色も抜け落ちるのでグリセリンに浸けてインクで着色、乾燥させると。

商品棚から、できあがったプリザーブドフラワーを持ってくる。

「完成品が、こいつ」

興味深げに説明を聞いていた女の子は、受け取ったプリザーブドフラワーをしげしげと見つめている。その背丈はかなり低く、一八〇センチある大樹とは身長差が四〇センチ以上あった。肩にかからない程度に伸びた黒髪が柔らかそうで、見下ろしていると思わず撫でてやりたくなる。

「萎れそうな花は、みんなこれに？」

「全部は無理だよ。残った花は安く売るか、無料で配るか、でもなきゃ捨てちゃうかな」

切り花の品質保持期間は短い。環境を整えれば菊類は二十日近く保《も》つが、花のなかには五日程度で萎れるものもある。

「花は好き？」

頷く少女に、作業台に重ねてあった種袋を渡す。

「あげる。それね、ラベンダーの種で、一週間くらい冷蔵庫に入れてから蒔《ま》くといいよ。冷やしてから急に暖かくすると、春だと思った種が発芽しやすいんだよ。冬の寒さと春の暖かさを覚えてるんだね」

少女は不思議そうに小首を傾《かし》げた。

小動物のような仕草が愛らしい。内心に微笑《ほほえ》ましさを覚え、祖父に教わった子供向けの解説を付け加える。

「花には記憶力があるし、心だってあるよ」

「心があるんですか？」

「そう。芽が出たらね、優しく話しかけて撫でてあげるといいよ。花だって冷たくされるより、優しくされたほうが嬉《うれ》しいからね。毎日水をやって優しくしてあげると、ぐんぐん成長して早く花が咲くから試してみて」

少女は一言一句逃すまいとでもするように、真剣に聞き入っている。

「種から育てるのはちょっと難しいけど、お母さんに手伝ってもらってさ。優しく接してあげれば、そのうち花のほうから話しかけてくるかも」

ラベンダーの種は二百円もしない。投資だと思えば安いものだ。あとで園芸用品を買いに親が来店するかもしれない。

お辞儀をした少女は大切なものでももらったようにラベンダーの種袋を胸に抱き、

店外に出ようとしてから振り向いて、もう一度ぺこりと頭を下げた。おとなしかったが、やけに印象を残す女の子だった。

午後七時過ぎ。閉店作業を終えた大樹はシャッターを下ろして施錠した。

「終わった?」

フラワーショップ・ドリアードのもう一人の従業員、母の房子《ふさこ》が顔を出した。自宅と店とはさほど距離がなく、店での仕事を早めに切り上げ家事を済ませ、閉店時にはときどき様子を見に寄るのだ。

「終わった。いいよわざわざ来なくても」

「お金、金庫にちゃんと入れた?」

「入れた。もう慣れたって」

「あんた、今日晩ごはんどうするの」

「いらない」

「また……。家で食べればいいのに」

返事代わりに店の鍵束を母に託し、大樹の足は自宅とは逆に向く。

あすな町銀座商店街のアーチを抜けると、人の疎《まば》らな表通りは火を落としたようにひっそりとしていた。それは何も時間帯のせいだけではない。かつて活況を呈していた場所も今は昔、現状はシャッターが下りた店舗の目立つ静かな商店街である。

十数年前、商店街が多少の活気を残していた頃、飽きもせず毎日のように通い詰めていた駄菓子屋があった。雑貨販売の片手間に駄菓子を扱う店で、なけなしの小遣いをポケットに仲間たちとたむろしたものだった。

店主の老婆が亡くなったと聞かされたのは、駄菓子屋通いを卒業して何年も経ってからだ。しばらくして古い家屋は取り壊され、跡地に建ったのが赤煉瓦《あかれんが》を積み上げたような外観の店、喫茶店パナケア。十数年の時を隔ててまた通うようになるとは、因果を感じずにはいられない。

「ああ大樹くん、今日も来たの」

スタンド看板に『純喫茶』と銘打たれたパナケアの扉を開けると、カウベルの音に合わせて渋みがかった声が耳朶《じだ》に触れた。四十代後半の落ち着いた店のマスターは、いつものように決まり文句を口にする。

「家で食べなよ」

「いいじゃないですか」

大樹はカウンター席に着く。

「野菜炒め定食」

「それ、ランチだけ。ランチは昼の人が作ってるんだから、僕、作れないよ」

「じゃあカレーピラフ」

「メンドくさいな」

「商売しましょうよ……」

「おう大樹、来たんか！」

マスターが奥の厨房《ちゅうぼう》へ消えるのと同時に、金髪が大樹の首に腕をまわしてきた。金髪の手には外国製のビール瓶が握られており、アルコールの匂いが鼻をつく。

「姐御《あねご》、酒臭い。ていうかビール臭い」

からからと姐御が笑い、マスターが厨房から首を出す。

「百合子《ゆりこ》ちゃんもさ、飲み屋行きなよ。ここ喫茶店」

「置いてあるんだから、いいじゃーん」

ビール瓶をカウンターに置き、姐御はビール臭い息を吐く。

「で、なんで毎日ここで食うんだ。まだ親父さんと険悪なんか」

お冷で喉を湿らせていた大樹は、コップを手にしたまま息をつく。

「でもないけど。仲が悪いというか」

「家に居場所がないのか」

図星を指され、お冷の氷を嚙み砕いて誤魔化した。

姐御は口元を歪《ゆが》め、大樹の背中を強めに叩く。

「なもん、親は気にしてないっての。アタシなんかほら、単車転がしてたときは面汚しだの穀潰《ごくつぶ》しだの親にさんざん嫌味言われてたけどさ、三食かかさず家で食ってたぞ」

姐御の本名は萩生田《はぎゅうだ》百合子。高校時代は農道でオートバイの爆音を奏でていた女丈夫であり、当時は怖くて目も合わせられなかった。実家のクリーニング店で働くようになっても、派手な金髪は変わらず今でも怖い。パナケアの客が一様に「姐御」と呼ぶので、大樹もそれに倣《なら》っている。

「姐御は無神経だからね」

「んだとコラ」

「うちは親父が邪魔者扱いオーラ漂わせててさ」

大樹が愚痴《ぐち》を吐き出そうとすると、店の奥から水の流れる音が響き、トイレの扉が開いて中年の男が姿を見せた。腹のベルトを手で直して四人掛けの座席に腰を下ろしたのは、家電販売店の店主、菅原《すがわら》である。

「菅原さん、来てたんだ」

「そりゃ来てるさ。俺と姐御は毎日だろ」

大樹に軽く返した菅原は、飲みさしの珈琲《コーヒー》を短くすすった。

「でなター坊、そいつは勘違いだ」

「何が？　ター坊やめてね」

「聞こえたんだよ。あのな、ほんとは草壁さんもター坊が戻ってきて嬉しいの。真っ正直に喜ぶのは照れ臭いんだって」

「邪魔者扱いで、配達ばっかりさせられてるけど」

「うちらみたいな個人商店は、配達しなきゃ生きてけないからな。ジジババはコンセントも入れられないんで、うちだって配達して配線ばっかだよ。ター坊が配達引き受けてくれて、草壁さんとこ現に売り上げ伸びてんだろ。実は戻ってきてくれて大助かりなのさ」

そこにマスターが割って入った。大樹の前に皿を置く。

「はい冷凍食品のカレーピラフ。レンジでチンしてきた」

「食欲がなくなる情報いりませんから」

「どうでもいいけどさ、大樹くんも百合子ちゃんも菅原さんも、うちの店寄り合い所にしないでくれるかな。変な連中がくだ巻いてたら、一般のお客さんが逃げるでしょう」

「こんな店、ほかに客なんか来ないだろ」

菅原の憎まれ口にかぶせ、けたたましい音が鳴り響いた。店の外で止まったスクーターのエンジン音に、マスターが口角を持ち上げる。

「そら来た。普通のお客さんだ」

「あの音は生臭坊主の原付だな」

姐御の予測どおり、カウベルを鳴らして入ってきたのは森覚寺の和尚だった。和尚は珈琲の注文をマスターに投げ渡し、姐御の横に腰掛けた。

「うっわ、線香くせえ。こっち来んな」

「川向こうの家で経あげてきた帰りなんだよ。おまえさんだって酒臭いだろが」

姐御の嫌味を和尚はものともしなかった。

「しかしまあ、今日も見た顔が揃《そろ》ってんな。みんなして、何の相談だ」

「大樹が家に居辛《いづら》いって、しょげててさ」

「ちょっと姐御」

自分の話をされると、どうにも尻がむず痒《がゆ》い。大樹は止めにかかったが、和尚は訳知り顔で頷いた。

「またそれか。若いのが帰ってきて喜ばない人間は、この辺にゃいないだろ。ほかの連中も帰ってきてくれないもんかねえ。回向料の稼ぎも年々落ちる一方でよう。たくさん帰ってきて、たくさん死んでくれねえかな」

「あんたが死ね」

すかさず姐御が寸言を吐き、菅原も加わる。

「和尚は死んだほうがいいけどよ、人が増えて欲しいのは事実だな。やっぱさ、市と合併したのがまずかったんだよ。みんな地元を出ていっちまう。商店街もどうしようもなくガタガタになりやがって」

「商店街はしょうがねえな。今どき元気な商店街のほうが珍しいだろうよ」

達観したような和尚の物言いに、菅原は話の接ぎ穂を探す。

「ほれ、あれどうなった。町おこしで、ゆるキャラ作ったろ。商店会長が大張り切りでさ。名前なんだったかな」

「モリ小僧とキコロ丸」

珈琲を差し出したマスターが正解を口にして、ビール瓶を舐《な》めていた姐御が鼻先で笑い飛ばした。

「あれパクリだろ」

大樹の記憶にもある。忘れかけられてはいるが、今も町内の掲示板で存在を確認できる、目鼻の浮き出た樹木を模した不気味なキャラクターだ。

「作っといて、何もしなけりゃ役に立たんさ。若いやつらはスマホだSNSだって時代だ。こっちから情報発信してやらんと食いついてこねえわ」

言いながら和尚は珈琲にミルクを注ぎ、姐御と大樹を順に見やる。

「おまえさんたち、インスタグラムやってるか。うちの寺の檜、インスタ映えするとかなんとか知り合いに吹き込んで、遊びに来させろよ」

「んなガキの遊びやってるツレぇいない」

「スマホで遊んでる暇ないよ」

若い二人の回答がお気に召さなかったらしく、和尚は口を尖《とが》らせた。

「ばっか、だから駄目なんだよ。そんなんじゃ情報化社会についてけんぞ。うちのブログも読んでないのか、お気楽和尚の極楽ブログって」

ブログという単語に、大樹は引っかかるものがあった。

「お化けヒノキの虚偽情報載せたの、そのブログ？」

「お化けヒノキ言いなさんな、霊樹だ霊樹。ユーチューブにも動画上げてるし、頻繁《ひんぱん》にツイートしてるからフォロワーの反響あるぞ。パワースポット紹介してもうちは収入ないけどよ、見学に来た連中が商店街に寄るかもしれんからな」

「あの立て札の、八百比丘尼なんとかは盛りすぎだから」

「わかりゃしないって。今の時代、町おこしもネット使って草の根運動しなきゃな」

大樹は呆れて食事を再開し、姐御もビールを呷《あお》って聞き流す。

しかし菅原は食いついた。

「おい和尚、そのブログで客が来るって？」

「まあな。それよかアフィリエイトって副収入稼ぐ方法があってだな」

怪しげな企みを始めた年配者二人組を放置して、大樹はピラフを平らげた。

夕食を終えたあとは姐御と愚にもつかない雑談をし、小一時間ほどしてから居座る三人を置いて店を出た。

帰郷してこの方、喫茶店パナケアでの夕食が日課のようになっていた。スーパーの半額弁当を片手に入店したり、ジャンクフードを持ち込んでマスターに迷惑がられたりもする。パナケアでの夕食を楽しみにしているわけではないけれど、父親と顔を突き合わせて食事するよりは心地いい。

春の夜風を頬に受けて自宅に戻る。

そして意表を衝《つ》かれた。

家の前にタクシーが停まり、後部座席に父を押し込む母の姿があった。

「何やってんの」

「ああ帰ってきた。行ってくるから、あとお願いね！」

「どこへ」

「病院！　お父さん倒れちゃって！」

慌てて母も乗り込んだ。

○　○　○

父の病名は腰椎捻挫、ぎっくり腰だった。

ぎっくり腰と聞いてほっとしたが、相当に症状がひどいようである。入院するまでには至らずとも、父は自宅の布団から起き上がるのにも苦労していた。悪くすれば、完治まで数週間はかかるという。

となると、店の業務に支障が出てくる。大樹が実家に戻ってから増やした配達を今さら減らすわけにもいかず、母は夕方から自宅の家事をこなさねばならない。父が復帰したとしても、今後似たような事態にならないとも限らないので、新規にアルバイトを募集する運びとなった。

募集方法は店先に貼り紙をする古典的方法で、大樹はあまり期待していなかった。情報誌に広告を載せようという意見が出費を伴うとの理由で母に封殺されては、実家で世話になっている弱みも手伝って反論する術はない。田舎町で安い時給の悪条件を鑑みれば、アルバイト希望者が現れるとは思えなかった。

アルバイト募集を貼り出した翌日である。夕刻に配達から帰った大樹は細い路地を抜け、店の駐車場にワンボックス車を駐車した。店に戻ろうとして、

「おい花屋の倅《せがれ》、なに油売ってやがんだ」

しゃがれた声に制止された。背後を見ると、薄汚れた作業着の老人が歯を剝《む》き出し突っ立っていた。

「てめえの店、誰もいねえぞ。どうなってるんだ」

名は繁田《しげた》、渾名《あだな》を繁じい、という。

少なくとも大樹の父が店を始めた当初から見かける年寄りで、日がな一日、商店街をぶらついている。矍鑠《かくしゃく》としているが、好かれてはいない。突拍子もなく怒りをあらわにし、常に汗臭さを漂わせ、朝から微醺《びくん》を帯びている。些末《さまつ》事に癇癪《かんしゃく》を起こす姿は滑稽《こっけい》で、「繁じい」という渾名で子供たちにからかわれては怒鳴り散らし、終《しま》いには酒の臭気にまみれて道端でいびきをかくのも珍しくない。

大樹にとってあまり関わり合いになりたくない御仁ではあるが、応対しないわけにもいかなかった。

「奥にいるんじゃないの。声かけた?」

「なんで俺が声かけんだよ。店員が声かけるの当たり前だろうが」

「今、店にお袋一人しかいないんだよ。親父がぎっくり腰でさ」

「てめえの家の事情なんざ知るか!」

やたらと短気な老人で、くだらないことでも自分の思いどおりに進まないとすぐに癇癪を起こす。いつものように酔態をさらしてビール缶片手に息巻く姿は、相手をするのも億劫《おっくう》になってくる。

「いつもの除草剤? 俺、今から店に戻るんで」

「もういいッ」

酒焼けした喉から吐き捨てた繋じいは、空のビール缶を路上に叩きつけた。缶の転がる音が止まる前に背中を見せ、路地を大股で戻っていく。

取り付く島もない。

大樹が店に戻ると、確かに誰もいなかった。培養土の袋が積まれた店の奥に進み、バックヤードへと顔を出す。

「母さん何してるの。今、繋じいが――」

二対の目が大樹に集まる。一対は母の目、もう一対は小柄な女の子。

見覚えがあった。先日、ラベンダーの種をあげた女の子だ。

「あら帰ってきた。今、アルバイトしたいって子が」

「いやいやいや、駄目だって」

母の発言を途中で遮る。

「小学生働かせる気かよ。労働基準法知ってんの？」

母の房子と向かい合って座る少女の眉がぴくりと動く。

よく見れば、少女は紺色のブレザーを着ていた。学校の制服だ。袖《そで》が余りがちで、少女の制服に着られているといった風情だった。私立小学校との可能性もよぎったが、少女の反応に失言を察した。

「あ、いや。中学生でも駄目だから」

少女の眉間《みけん》にしわが寄る。

大樹は事務机の上に視線を走らせた。少女の履歴書には、『蒼蘭《そうらん》高等学校在学中』と書き込まれている。今年、一年生になったばかりだ。

「あんた、なに言ってんの。どう見ても高校生でしょう。ねえ?」

房子に同意を求められ少女は頷いたが、眉間のしわは消えなかった。

「稲宮《いなみや》にお住まいなんですって。あそこからならバス一本で通えるし、どうかな」

「学校、バイト禁止じゃない?」

「大丈夫なんだって」

「でも夜遅くなるとまずくないかな。この辺り、夜になると真っ暗で」

「七時に終わるんだから平気でしょう。ねえ?」

「学業に差し障りが」

「何あんた、反対なの?」

「そうじゃないけど……」

大樹は語尾を濁《にご》した。

「まあいいわ。合否は後日連絡、でいいかな?」

「はい」

少女は席を立った。

ひとまず保留にして、帰宅する少女を店頭で見送る。小柄な背丈に華奢《きやしや》な首筋、大きめの制服。彼女の後ろ姿は、贔屓《ひいき》目に見ても中学新一年生のそれだった。

「いや無理だろ……」

大樹の口から自然と否定がこぼれ落ちる。

「ちょっと話してみたけど、いい子だったわよ？　しっかりしてるし、真面目そうだし、あの子は使える。母さん、人を見る目は確かなんだから」

母のなかでは、すでに合格と決定されているようだ。

「俺、フリーターがよかったんだけど。高校生じゃなくてさ」

「そんな都合よくフリーターの子がいるわけないでしょ。貼り紙一枚で来てくれたんだから、感謝しなきゃ」

「昼間どうすんの。俺が配達出ると母さん一人だろ」

「今も昼間はあんたが配達に出たら私一人でしょうに。夕方は生花買ってくお客さん多いから、あの子が来てくれると助かるでしょう？」

父が抜けた今、昼は大樹と母の二人、家事で母が外す夕方からは大樹が一人で店を切り盛りしている。昼は配達が多く、夕方以降の配達はほとんどない。夜間に配達が入った場合は高校生の女の子を一人で置くわけにもいかないので、自分が出ると母は言うのだが。

配達がなければ、高校生の子と店に並ばねばならない。ひとまわり近く年齢の違う女子高生と二人きりになる想像に、大樹はげんなりとした。

「決まり。明日、連絡するからね」

母の意志は固く、翻意させられそうにない。

○　○　○

柊青葉《ひいらぎあおば》。それが、彼女の名前だった。

人を見る目があるという母親の言に違わず、柊青葉は仕事ができた。何より物覚えがいい。レジの使い方はすぐに覚え、店頭に並ぶ生花の名も一日で記憶した。電話対応はそつがなく、手が荒れる水仕事も嫌がらない。彼女は最近稲宮に越してきて、生花店でのアルバイト先を探していたそうだ。希望が叶《かな》ったためか、仕事熱心でもあった。

アルバイトを始めて数日。大樹が店頭業務の合間を縫って水揚げ作業を教えている間も、青葉は熱心に耳を傾けていた。

「切り花の水揚げ作業は水切りが基本。水中で茎を切って、道管に空気が入らないようにするんだよ。道管というのは水分を運ぶ管みたいなものだね。だから水が深いほど水圧がかかって、水上がりが早くなる。水切りの必要がないものは空切り。茎が硬い花や枝物は、金槌で茎を潰してから鋏で割れ目を入れると水上がりがいい」

「お湯を使っているのも見たことあります」

「湯揚げだね。水上がりが悪い花とか、水下がりが激しい花、長く水を与えなかった花なんかには熱湯を使う。熱湯に浸けると繁殖したバクテリアが減って、道管内の空気も抜けるから水上がりが良くなるんだよ。あとは茎を削《そ》ぐこともあるし、深水、逆さ水って水揚げ方法もある」

　教えを乞うときの姿勢もいい。聞いたそばから青葉はメモ帳に書き綴《つづ》っていく。

「それと師管はわかる？　まだ理科で習ってないかな。水分を運ぶのが道管なら、光合成した養分を運ぶのが師管。道管と師管の束を維管束といって」

「もう高校生なんで知ってます」

　ただし、実年齢より下に扱われるのは嫌いらしい。途端に青葉の語気は険を孕《はら》み、「高校生」という部分を強調する。

　実にやりにくかった。どうしても外見どおりに扱ってしまう。

　そのせいか、青葉はいっこうに慣れてくれる気配がなかった。母の房子とはわりとこなれて会話を交わすようになっていたが、大樹とはほぼ私語を交わさない。

「どうもでした」

礼を述べた青葉は作業台に向かい、協会発行のマニュアルを開いた。暇を見て読むようにと渡してあるものだ。教えられた水揚げ作業の復習をするつもりらしい。彼女のページを繰る手が止まるのを見計らい、大樹はそれとなしに話しかけた。

「そんな急がなくても、おいおい覚えてもらえればいいよ。それよりもさ、柊さんインスタやる？　近くのお寺にね、インスタ映えする大きな木が」

「やりません」

「あ、そうなの……」

気を取り直し、話題を変える。

「そうそう、柊さん引っ越してきたばかりなんだよね。稲宮、こっちと違って発展してるでしょう。前はどこに住んでたの？」

「テンチョー」

「店長じゃないけど、はい」

「ほかにやることないんですか」

これである。

最初に小学生と間違えられたことで気分を害しているのか、こちらから歩み寄ってコミュニケーションを図ろうにも、暖簾《のれん》に腕押しどころか氷結した暖簾に阻まれる。

やりにくいのはコミュニケーションだけではない。

大樹はオーダーで花束を作るのが苦手だった。花束は贈る相手と目的によって、品種や花の色合いを考えねばならない。経験、そしてセンスが必要で、大樹はとりわけそのセンスが欠落していた。カタログを見本にすればできなくもないが、見知った客などは大樹が店頭に一人でいても、バックヤードにいる父や母に作成を依頼する。

一方で、練習として青葉に花束を作らせてみたところ、これがことのほか器用で、美しく切り花をより合わせた。品種の選定も申し分なく、房子が太鼓判を押すほどセンスに溢《あふ》れているとあって、以降、房子がいない間は青葉が花束の作成を受け持つことになった。年上の先輩としては、ちょっとした妬心《としん》を覚えざるを得ない。

もう一点、青葉は時折、妙な行動をする。

大樹はコミュニケートを諦め、在庫表を持って業務に戻った。すると、背後に視線が刺さるのを感じた。

――まただ。

振り向いた先には、マニュアルから目を上げた青葉がたたずんでいる。

「どうかした?」

「いえ、別に」

素っ気なく答え、彼女は何事もなかったようにマニュアルへ目を落とす。だが、大樹が作業を再開すると、またもや注視されている気配がうなじに刺さる。

似たようなことが幾度となくあった。監視されているような感覚で、用があるのかと訊《たず》ねても、彼女は黙って首を振る。一度や二度ならまだしも、こう何度も続いては、子供扱いされる不満が長じて敵愾《てきがい》心に至ったのではと勘繰ってしまう。

それでも、素直で働き者であるのには違いない。青葉は店頭業務以外の仕事を頼んでも快く――かどうかはわからないが、引き受けてくれる。天井の蛍光灯が点滅しているのを見つけた大樹が頼み事をしても、嫌な顔ひとつしなかった。

「柊さん。悪いんだけど、蛍光灯買ってきてくれないかな。近くにスガワラ電器ってお店があるからさ。領収書もお願い」

あいにくと予備の蛍光灯を切らしており、店頭に青葉一人を残して買いに走るわけにもいかなかった。

「はい、わかりました」

商店街内にある家電販売店の場所を教えると、青葉は蛍光灯の代金を持って店外に出ていった。しかし、すぐ戻ってきた。

「外の黒板、ずっとそのままですけど」

ファサードに置いてある黒板スタンドだ。今月の頭に書き込んだ告知がそのままになっている。父が抜け怱忙《そうぼう》に追われ、つい書き換えるのを失念していた。

「忘れてたよ、ありがとう」

「行ってきます」

陽が傾き始めたなか、今度こそ青葉は出かけていった。

「どうするかな……」

予定していたガーベラフェアの期間は過ぎており、サン・ジョルディの日が間近とはいえ気が早い。大樹は書き換えるべく思案したが、青葉が店を出た直後、来客があった。

頭髪の薄くなった男性客で、娘の誕生日プレゼントに花を添えたいという。適当にオレンジ薔薇《ばら》のミニバスケットを薦めて会計を済ませると、次は女性客の来店があった。レギンスにチュニックといった軽装をしたその女性は、頭の後ろで束ねた髪を揺らしながらおずおずと入店した。

「お花が欲しいんですけど、いいですか?」

「いらっしゃいませ。いいですよ」

「お任せしてもいいのかな」

こういう客は多い。目的買いでも、欲しいのはオーダーのアレンジメントか花束だろう。出来合いの用意されたものではなく、店員に作ってもらいたいのだ。生花店で購入する機会がなければ、どう選んでいいものか買い方がわからない。

「お供え用をいただければ」

女性の言葉にほっとした。仏花の類いなら慣れている。

「仏壇にお供えする花ですか、それともお墓参りの」

「母のお墓参りです。お彼岸の時期は外してますけど、あります？」

「ええ、もちろん」

春彼岸、お盆、秋彼岸以外にも、墓花用の生花は大量に仕入れている。森覚寺へ墓参に行く客は、大切な収入源のひとつだった。

「ご希望はありますか。お墓参りの花は特に決まりがないですから、お母様が好んでいた花だと喜ばれますよ」

「ううん、お花はどれも好きだったような」

こだわりがないのならなおさら楽だ。予算を訊《き》いて小菊と金盞花《きんせんか》を中心に、母親ということでカーネーションを組み込んで見繕っていく。五色、奇数本にして新聞紙に包んだ。大樹が墓花を用意している間、女性は空のプランターを手に取って、矯《た》めつ眇《すが》めつ眺めていた。用意できた墓花に気づき、商品棚にプランターを戻す。

「お供えとは別なんですが、相談に乗ってもらっていいですか。お花を育てるのに植木鉢はどれがいいのかなって」

「どんな花ですか？」

「種をもらいまして。ええと、黒くて小さい、つぶつぶっとした」

花の種はだいたい黒くて小さい。

「これじゃわかりませんね」

女性は屈託《くったく》なく笑った。精緻《せいち》な作りの面差しから大人びた印象を受けていたが、笑うと目と口元にあどけなさを残しているのが見て取れた。二十歳を超えていないのかも。

「ごめんなさい、名前ど忘れしちゃった。妹がもらってきたんですけど、学校で園芸部に入ってるのに育て方は詳しく知らないって言うし」

「プランターは花の品種によって選んだほうがいいですよ」

「ですよね。あと、うちマンションなんで土なんかも」

花を育てるのは初めての様子だったので、簡単に解説する。

「ハーブ類は腐葉土や赤玉土をブレンドしたり、ハンギングプランターを吊るしたい場合は軽い土をブレンドしたりしますけど、大概はブレンド済みの培養土で構いません。道具は安物のじょうろとスコップだけで。最初から園芸用品を揃えないほうがいいですよ」

「飽きちゃうかも、ですか?」

女性はくすくすと人懐っこく笑う。笑顔が多く、好感が持てた。

「どちらにしても用途によりますから、品種を調べたほうが」

「電話で妹に確認取ってみます。帰りにまた寄りますので、植木鉢と園芸道具、選んでもらっていいですか」

「ええ、お待ちしてます」

墓花を渡して会計しようとした。すると女性が出し抜けに言った。

「そうだ。あたしこの春、大学生になったんです」

反応に困った。

女性は続けて遠慮がちに言う。

「お安くなります?」

前後の繋がりがよくわからない。学割という意味だろうか。

値切る客はたまにいるが、仏花の類いを値切られる経験は滅多になかった。虚を衝かれた大樹の手がレジ台の上で止まると、それをどう受け取ったのか、女性は慌てて手を振った。

「いえいえ、いいんです! ちょっと言ってみただけで」

はにかんだ笑みを浮かべ、支払う。

「それと観葉植物も置いてます? 部屋にまだ家具が少なくて殺風景で」

「ありますよ。よければ配達もしますし」

「おお、バスで来てるんで助かるかも。それじゃ、帰りにまた」

最後に女性は、気持ちのいい笑みを残して出ていった。

バスということは、ここから森覚寺まで徒歩のようだ。森覚寺とは若干距離があり、歩きだと往復に時間がかかる。再来店は一時間後くらいか。

あとでまた来る。

大樹はなんとなく心が躍った。別段、客と深い仲になる妄想をするでもなかったが、こんな田舎町では出会い自体がそうそうない。愛想が良く見目麗《うるわ》しい女性とあれば、胸が高鳴るのも無理からぬことだった。

機嫌良く仕事に励み、ほどなく。

「戻りました」

蛍光灯を携えて青葉が帰ってきた。

大樹は客足が途絶えた隙《すき》を見て蛍光灯を交換した。使い走りを終えた青葉はというと、バケツに水を入れて店先にしゃがみ込み、ファサードにある鉢物の受け皿をひとつひとつ丹念に洗い始めた。指示はしていない。「汚れているので」とのことだった。

よく働くし、目端が利き、気配りができる子だ、と感心していた。その時点までは。

そのまま業務に勤《いそ》しみ、陽が彼方の稜線《りょうせん》に沈んだ頃。

「大樹くん、こんばんは」

顔見知りが来店した。商店街の端に位置するスーパー勤めの中年女性で、事あるごとに生花を購入していく上客の一人である。自転車で乗りつけた中年女性は、店に入るなり挨拶もそこそこに切り出した。

「房子さんいる？　花束作って欲しくて」

「今お袋いないんで、明日でもいいですか」

「急ぎなの。今日で終わりって聞いて」

スーパーに長く勤めていたパートさんが辞めることになり、引退祝いに花束を贈りたいのだという。予算は数千円程度でも、お世話になった人なので、できるだけ豪華に見えるものを所望らしい。

「わたしが作りましょうか」

店の外から青葉が覗いた。濡れた受け皿の水を払っている。

「あら新しい子ね。大丈夫？」

「ああ、お袋のお墨付きなんで。柊さん、お願いできる？」

先輩として立つ瀬がないけれど、持って生まれたセンスばかりはいかんともしがたい。

青葉はさっそく花束の作成に取りかかった。白百合を中心に小輪の黄薔薇、カスミソウを集め、花鋏を使おうとして――

取り落とした。花鋏が床で小さく跳ねる。

それを拾おうともせず、青葉はこちらを向いて瞠目《どうもく》した。

「どしたの」

「い、いいえ別に」

仕切り直した青葉は、白百合と黄薔薇を花鋏で切り揃えていく。輪ゴムで留め保水処理をして、淡い色のペーパーと透明セロハンでラッピングをした。リボンも添えられ、花束は綺麗に仕上がった。

受け取った中年女性は喜んで帰ったが、青葉は押し黙って考え込んでいる。

そして、不意に言った。

「さっき来たお墓参りの人、頭の後ろで髪をまとめた人ですか？」

「え――」

青葉の小顔をまじまじと見る。

「俺、お墓参りの人が来たなんて言った？　まあ、そういう髪型かな」

「園芸用品を買いに戻る？」

「みたいだったけど。知ってる人？」

「いいえ」

「でも」

「知りません」

青葉は半ば強引に会話を打ち切り、店内を徘徊《ていかい》し始めた。ときどき立ち止まっては、壁時計と出入り口に視線を往来させている。

大樹は首を捻《ひね》りつつ、ファサードに置き忘れられている水バケツを片付けにかかった。外は薄暗くなり、ひさしの照明が什器に並ぶ鉢花を照らしている。脇の黒板スタンドもLEDライトの橙黄色を浴びていた。

告知の書き換えを思い出した。黒板スタンドは『新生活応援フェア』となっている。

それで合点がいった。墓参りの女性は、黒板スタンドを見て安くなるかと訊ねたのだ。悪いことをした。あるいは墓花ではなく、園芸用品の値引きを求めたのかもしれない。殺風景だから観葉植物《グリーン》が欲しいとも。

――まだ家具が少ない？

「あ、どうも！」

張りのある弾んだ声。歩道の先から、墓参りの女性が歩み寄ってきた。

「先ほどの話、今日は観葉植物だけでいいですか。できれば配達も」

「種はどうなりました？」

「ごめんなさい。妹のスマホ繋がらなくって……」

確固たるものはない。考えすぎだろうか。

「その種、黒くて小さい胡麻《ごま》みたいな？」

「はい、そんな感じです」

「ラベンダーの種、じゃないですよね」

「あっ、それだ！　よくわかりますね」

残念ながら的中だった。

「最近、ご引っ越しされたんですか」

「はい？　言いましたっけ」

「それで、妹さんが高校一年生で園芸部」

「え、そうですけど……」

女性は顔色に警戒を浮かせた。笑みを消して一歩退く。

気味悪がらせて逃げられては元も子もない。これ以上詮索《せんさく》しなくとも間違いなかろう。ちらと店内を盗み見れば、青葉の頭が物陰に見え隠れしていた。

庇《かば》ってあげたいのは山々だが、観葉植物を配達するなら顧客カードに記入してもらわなければならず、遅かれ早かれ露見する。家族を騙すのもいただけない。

「アルバイトの柊さん、お姉さんがいらっしゃってるよ」

ことさら丁寧に呼びかけると、観念した青葉がのっそりと物陰から出てきた。所在なげに立ち尽くしている。

「アオちゃん、何してるの」

女性は店内に飛び込んだ。

「え、あれ？　なんで。園芸部に入ったから夜遅いって」

「園芸部、みたいなところに入った」

「アルバイトしてるの？　ダメって言ったよね。学校、バイト禁止でしょ」

「それは、黙認というか……」

「あたしの母校だから知ってる。黙認はしてくれない」

青葉は俯《うつむ》き、拗《す》ねたように口をすぼめた。

「なんで黙ってたの？　お小遣い足りない？　お父さん知ってる？」

「親御さんの同意書もらってるけど、あれは？」

矢継ぎ早に問いを重ねる女性に追従して大樹が問うと、青葉の目があからさまに泳いで逃げた。偽造したのだ。

当事者ではあるものの、私生活に関わる部分は部外者でしかない。大樹は話し合いに参加せず、柊姉妹に奥の事務所を貸し出した。柊姉はさほど怒っているのでもないらしく、店頭で聞き耳を立てていても荒ぶった声は届かなかった。

「それでは草壁さん、ご迷惑をおかけしました」

話し合いが終わり、とにかく後日とのことで柊姉は深々と頭を下げた。姉に頭を押さえつけられ、青葉は露骨に不平を映した瞳で鬱陶《うっとう》しそうにしていた。

学校はともかく、保護者の許可は得なければならない。残り時間を働かせるわけにもいかず、その日は早めに上がらせた。冷淡にしか接してくれないとはいえ、悪い子ではない。彼女は貴重な戦力だ。辞めて欲しくはなかった。姉は優しそうな人だったので、平穏無事に解決すると願いたい。

にしても、ひとつ疑問が残った。

青葉は花束を作っている最中、唐突に挙動が怪しくなった。姉から連絡があっただとか、墓参りに向かう姉を路上で見かけたというのではなさそうだ。

——青葉は、どうやって姉の最初の来店を知ったのだろうか。

〈3〉植物学

青葉が抜けたあとの忙しさは、もともと人手が不足していたのだとあらためて感じさせるには充分だった。いずれは回復するであろう父の竹治にしても、腰の痛みがいつ再発するかもしれず不安が残る。

ゆえに竹治の復帰後も継続して働ける店員を望んでいた大樹としては、柊家に持ち帰られ家族会議にかけられた青葉のアルバイトに、姉妹の父親より許可が下りたときは純粋に喜んだ。新たに捺印がなされた同意書は菓子折りつきで、娘の世話を懇請する、達筆、骨太な筆跡の手紙も添えられていた。学校の許可は得ていない。金銭面での家庭の事情がなければまず許可されないらしいが、「ばれても一度目なら厳重注意で済む」との柊姉の弁である。

正式にアルバイトとして青葉が働くようになって、状況にいくつかの変化があった。寝込んでいた竹治が起き上がれるようになり、河川敷の沿道で咲き誇っていた桜が散り、朝晩の気候が春らしくなってきたのも変化だが、青葉の姉、茜《あかね》がたびたび来店するようになったのは、その最たるものだろう。

茜は第一印象と大きく変わらず、親しみやすい女《ひと》だった。無造作に束ねた髪に簡素な服装、化粧っ気はまるでない。快活な笑顔を常に絶やさず人見知りせず、知り合って二週間足らずの大樹相手にも、まったく物怖《ものお》じしなかった。

「草壁さん。こっちのお花、なんでケースに？」

「鮮度を保つためです。植物も呼吸をしていて、そのフラワーキーパーで冷やすと呼吸量が減って開花が進みにくくなるんですよ」

茜はたまにふらりと立ち寄って、他愛のない雑談を持ちかける。物見遊山ではなく、妹が心配で来ている様子なのだが。

「姉さん、邪魔」

妹は姉を邪険にしている。不機嫌そうに唇を尖らせる青葉は、銀色のブリキバケツを抱えたまま肩で姉を押しのけた。

「やだもう、何よアオちゃん」

「早く帰って。レポートの課題あるんでしょ」

「柊さん、あ、いや、姉のほうの柊さんは」

話しかけた大樹に、向き直った茜が笑みを湛《たた》える。

「茜でいいですよ。呼びにくいでしょう」

「それじゃ茜さん、大学生でしたよね」

「空手家です」

そっぽを向いて青葉が言った。茜の耳がほんのり色づく。

「なに言ってるのこの子」

「子供の頃、わたしを布団で簀巻《すま》きにしてよく練習台に」

「ちょ、ちょっと」

茜は慌てて口止めしている。普段から仲の良い姉妹なのだろう。兄弟姉妹がいない身からすれば、微笑ましくはあった。

「いいから姉さん帰って。テンチョーは遊んでないで仕事してください」

「店長じゃないけど、はい」

大樹に対する青葉の態度にも変化があった。

青葉の冷たい対応は、さらに棘《とげ》を含むようになった。告げ口が効いているのだ。しかし、それはやや近しくなった棘であるようにも思えた。

「じゃ、家で待ってるから。寄り道しちゃダメだよ」

茜は名残惜しそうに帰途につき、大樹はしぶしぶ仕事に戻った。

接客をこなすかたわら、少しずつ明日の準備を進めておく。

サービス品として店先に出しても残ってしまった切り花を回収廃棄し、鉢物の状態や切り花の鮮度を確認する。来客がなくなり手が空いたあとは、青葉とともに床のモップがけを行った。こうして、一日が過ぎていく。

「大樹くん青葉ちゃん、こんばんは」

閉店間際になって、常連の梅川《うめかわ》夫人が訪れた。

家の裏手に菜園を持っている、園芸が趣味のご婦人である。肥料や球根、花の種などを大量購入していく人で、青葉も何度か相手をして名前を覚えてもらっていた。

「こんばんは。どうしました？」

梅川夫人は世間話や園芸の相談に終始する日も多い。今日も相談事があるらしく、パンジーが植えられた小型のプランターを手にしていた。

「この子、弱ってきたの。よくわからないけど、葉っぱに黄色いのが浮いてきて。枯れちゃうのかしら」

プランターのパンジーは、葉に淡褐色《かっしょく》の病斑ができている。ひと目でわかった。

「これ、褐斑病《かつぱんびょう》だな」

「病気？　それなら治し方わかるよね。大樹くん、植物学者の卵だもん」

「違いますよ」

夫人の言い方は正しくない。研究者のとば口にすら立てなかった。卵とするのも烏滸《おこ》がましい。

植物学は、地理、遺伝、形態、分類、病理ほか、多岐《たき》にわたる。なかでも大樹が学んでいた分野は、どこかミステリー小説に似ていると常々考えていた。物言わぬ植物から霞《かすみ》がかった情報を採取し、整理分析、仮説を立てて、特定、実証してみせる。ミステリー小説と違うのは、犯人――解を見つけられないかもしれないということだ。

このパンジーの病気に関しては答えがある。植物病理学が専門ではないけれど、町角の花屋でも対処法は心得ている。

「植物学はもうやめました。でもまあ、こいつは治せます」

大樹は腰のシザーケースから花鋏を抜き取り、パンジーに刃を当てた。褐斑病は糸状菌を原因とする伝染病だ。罹患箇所を切り離すのが手っ取り早い。

「罹《かか》り始めみたいだから、葉っぱ切っちゃいますね」

「可哀想に。痛そう」

梅川夫人は、草花を擬人化するきらいがある。

「痛くはないです。痛覚ありませんから」

植物も生きてはいるが、手足をもがれると再生しない人間とは生物としての在り方が大きく異なる。植物は二つに分断されたとしても、それぞれが独立した生物として逞《たくま》しく生きていく。痛みもそう、動物のような侵害受容器は存在しない。

だが、大樹はパンジーの葉を切り取る前に、ひと言詫《わ》びを入れた。

「ごめんな」

ぱちん、と花鋏で葉を切った。いちおう手と花鋏を消毒しておく。

「斑点ができてる花があったら、ほかの花と離すようにしてください。風通しのいい場所に置いて、同じ病気になった花の葉は切り取って処分すること。プランターの土も入れ替えてくださいい。感染しますからね」

「いつも助かるわ、ありがとう。それからね、腐葉土を三袋お願いできる？」

「毎度どうも」

こうして気前良く購入していくのが梅川夫人だった。園芸を始めて間もないので知識は乏しいが、家が裕福なせいか思い切りがいい。

夫人のファミリーカーは店外の路上に停められていた。大樹は腐葉土を一袋担いで運び、青葉も腐葉土を載せた台車を転がしてついてくる。

「あれ？」

後部の荷室に運び入れようとして、パンジーとは別のプランターが積まれているのに気がついた。細長い茎の上にオレンジ色の花が咲いている。

「梅川さん、この花は」

「あら、その子ね。雑草みたいだけど、可愛いから移し替えて持ってきたの。庭で育ててあげようかと思って」

「これ、長実雛芥子《ながみひなげし》だ」

おおもとは観賞用として輸入されたものだろうが、今は交通量の多い道路沿いで野生化したものが散見される。高い繁殖力を持ち、他の植物の成長を阻害するアレロパシー活性が強力な花だ。あすな町で長実雛芥子を見たのは初めてだった。

「気軽に植えたらガンガン増えて、数年で庭が長実雛芥子畑になりますよ。ほかの植物の成長を邪魔する物質を出しますから、植えないほうがいい」

「そうなの？ でも」

「いや、この辺りは農地が多いんで迷惑かけるかも」

種が飛散して作付けに影響が出ても困るし、付近の生態系を破壊する危険もある。特定外来生物にこそ指定されていないものの、多くの場合は好まれない。

「そっか、可愛いのに残念。けどね、その子、ほかにも咲いてたけど」

「どこに」

梅川夫人は微《かす》かに眉を曇らせた。

「それが……あの畑なの」

「あの畑って、偽畑《にせばたけ》ですか？」

近隣では有名な畑で大樹も知っていた。「偽畑」とは住民が勝手につけた呼び名で、造語であり、陰口でもある。

「まあいいや、暇見て俺が抜いてきますよ」

大樹が荷積みを再開しようとしたときである。一切の前触れなく、青葉が荷室に身を乗り出した。何事かと腰を引いた大樹を気にもせず、青葉は長実雛芥子に向けて手を伸ばした。指で慈しむように花びらを撫でている。

「柊さん？」

「いえ」

長実雛芥子から指を離す。

奇妙な行動をする青葉の姿は、今回に限ったことではない。車から数歩離れて爪先に目を落とす少女を不審に思いながらも、大樹はとりあえず腐葉土を積み込んだ。

「じゃあ大樹くん青葉ちゃん、またね」

夫人の運転するファミリーカーが走り去っても、青葉はぼんやりとしていた。本来の閉店時間は過ぎている。バスの時間もあるので大樹がすぐ上がるよう口を開きかけると、彼女はおもむろに顔を上げた。

「あの花は、どこに咲いていたんですか？」

一瞬、戸惑った。

「長実雛芥子のこと？　あれは近くの畑に」

「今から連れていってもらえませんか」

間髪を入れず青葉は言った。

ワンボックス車のヘッドライトが、民家のブロック塀を明るく照らす。木造家屋のある古色蒼然《そうぜん》とした町並み。この地域は民家と畑が混在しており、錆びついたトタン屋根のガレージに耕運機を待機させている家屋もあった。道幅はとにかく狭い。

車の速度を落とした大樹はバックミラーを直すふりをして、助手席に収まる青葉の様子を観察した。無表情に前方を見据《す》えるその姿は、物思いにふけっているようではある。

遅くなるのでと一度は断ったが、彼女の強い希求に結局は折れた。訊いても口を濁して理由を言わなかった。偽畑は楽しい場所ではない。変なことに関心を示す子だ。

ドリアード近くのバス停は一時間ごとに一本と運行本数が少なく、最終バスが来る八時十五分までに戻らなければならない。自宅に送ろうかと提案してみたが、それは頑迷《がんめい》なまでに辞退していた。どうにも、扱いにくい。

隘路《あいろ》を抜け、丁字路を左折して道なりに進む。やがて開けた場所に出た。

「着いたよ、ここが偽畑」

疎らな街灯と民家の灯りでは心許ない。青葉に懐中電灯を一本授け、大樹はもう一本を持って車外に出た。懐中電灯で地面を照らして花を探す。

すぐ見つかった。畑と舗道の境目に数本の長実雛芥子が咲いている。車のタイヤに付着して種が運ばれたものだろう。

持ってきたビニール袋に、株ごと引き抜いた長実雛芥子を入れていく。実をつけてから引き抜こうとすると膨大な数の種子をばら撒《ま》いて増えていく、厄介な植物だった。

「ここが」

ぽつり、と青葉の呟《つぶや》きが落ちた。

彼女の持つ懐中電灯に照らされ、月の隠れた夜陰に作物のほうれん草が浮かび上がっている。作付けされているのは、わずかばかりの数列のみ。畑の大半は空いており、雑草が侵食してきているところもあった。

大樹は引き抜いた長実雛芥子を車に放り込み、夜風に吹かれる少女に並んだ。

「遊休農地って知ってる？」

青葉はゆるゆると首を横に振った。

「何も作らずに遊ばせてるとか、まわりと比べて極端に利用されてない農地をそう呼ぶんだけど、ここも同じ。地主はほかに職業を持っていて、農業をやる暇もなければやるつもりもない。だけど放っておくと行政に勧告されて余分に税金がかかるから、こうしてちょっとだけ作付けして農地に見せかけてる。偽畑、だね」

「見せかける？　農業したくないなら、家を建てたり売ったりすればいいのに」

もっともな疑問だ。

「この辺一帯は市街化調整区域といって、農地の転用は原則として禁じられてる。家を建てたくても駐車場にしたくても、ほかの用途には使えないんだよ」

農地は固定資産税が安く、相続するときにも納税猶予があって何かと有利なのは事実だ。けれど作物を育てるつもりがないと、広い農地は重荷にしかならない。持っているだけで赤字が嵩《かさ》み、管理しなければ雑草が繁茂して害虫が発生する。

「農業したくないのに畑にしてるって……なんかヘン」

「でもそれが現実。少し前に農地法の改正があって、実情がこの先どう変わっていくか不透明なせいかな。ここの畑の持ち主は、遊休農地として判定されるのを逃れようとしてるみたいだね」

大樹はポケットに手を入れ、側溝際に生えている雑草を足先で払った。

「手放すにしても」

東の空に目を向ける。

「ここからもっと先に行くと、田んぼが一面に広がってるところがある。で、水田に囲まれて送電線の鉄塔が立ってる。ああいうのがオイシイ。土地をほんの一部譲るだけで、電力会社から大金が転がり込んでくる」

「売れるのを待ってる？」

「そ、以前はね。昔この町が市に編入されたとき再開発の噂《うわさ》があって、この畑の持ち主も期待してたんだと思う。市がインフラを整備したり企業が施設を建てたりで、買い取ってもらえるんじゃないかって。赤字しか生まない農地が大金に化けるなら儲《もう》けものだ」

しかし、あすな町が開発されることはなかった。それどころか若年層が商業地として栄える中心部に移住し、うらぶれた商店街と古びた民家、田畑があとに残された。手放したくとも、買い取ってくれる相手は現れない。

「まあ、地主がまだ色気を持ってるかは、本人に確かめるしかない。それに、売りにくいのはあれが一因かも」

懐中電灯を上げた大樹は、ブロック塀で隔てられた隣の民家を照らしてみせた。塀から突き出た庭木以外にも、数本の角材や積み上げられた黒いごみ袋の頂が覗いている。あの木造家屋の正面にまわれば、軒先に壊れた小型簞笥《だんす》や脚の折れた椅子といった利用価値の判然としない屑《くず》物が放置されている。

「あそこのゴミ屋敷の主が評判悪くてさ、この界隈《かいわい》に住んでる人はみんな敬遠してる」

数年前、積まれているごみ袋から虫がわいて一悶着《ひともんちゃく》もあった。騒ぎを聞き及んで野次馬に走ってみれば、ゴミ屋敷の主と近隣住民が怒号をあげ、一触即発の事態だった。駆けつけた和尚が仲裁に入らなければ、大事になっていたかもしれない。

「だから買い手がつかない。ゴミ屋敷が隣り合ってるんじゃ、地元の人間は手を出さないよ。下手すりゃ無料《ただ》でも断られる」

不動産は放棄ができない。寄付しようにも自治体は価値の低い土地を受け付けず、農地バンクに頼ったところで借り手を見つけられそうにない。売れず、貸せず、手放せず。なら、なるべく税金を抑えるしかない。

凝然と畑を眺めていた青葉は、誘われるように足を踏み出す。

「待った、入るのは」

止める間もなく青葉は畑に踏み入り、手前の作付けされたほうれん草を指で触った。

「これ、収穫されないんですね」

「あ、ああ……どうかな」

ほうれん草は、そろそろ収穫の時期になる。気にも留めなかったので、作物の行く末を大樹は知らない。けれど、畑の状態を見ればおおよその見当はついた。

「たぶん、そのほうれん草が枯れたら引っこ抜いて捨てると思う。残りの雑草が生えてるところはトラクターでならして、次の種を蒔くんじゃないのかな」

「それで、また枯れる」

掠《かす》れた声が闇に溶けた。また枯れる。繰り返し枯れていく。

植物を育てた経験があれば、そこに生命が宿っているのを実感できる。枯れるとは、すなわち植物の死だ。少女の放つ空気にあてられ、大樹は口をつぐんだ。作付けされた闇夜の畑に、並んで死んでいく何かを想見する。

青葉が畑を抜け出し、ほうれん草に気を取られる大樹を見上げた。

「この畑、土がおかしいんですか？」

「え、なに」

「声が聴こえて」

「――え？」

脈絡のない言動に大樹がまごついていると、青葉は睫毛《まつげ》を伏せて広い畑に目をやった。黒目がちな双眸《そうぼう》の奥には哀切の色がある。

「いえ、何も」

穏やかな春の夜風に、ほうれん草がそよいでいた。

○　○　○

多忙を極めた一日だった。早朝から降り出した雨のなか卸売市場に出かけ、店に帰れば切り花の水揚げ作業と水の入れ替えで午前中が潰れた。午後は数件の配達が入っており、葬儀場で行われる告別式に供花を届け終わったときは雨上がりの黄昏《たそがれ》時で、そこからさらに得意先へ観葉植物、新規開店予定のレストランにスタンド花の配達に向かった。

煩わしい配達をすべて完了させ、大樹は県道に商用車を走らせていた。この道は、商店街が近づくにつれ交通量が極端に少なくなる。夜間になればなおのこと少なくなり、先刻から数えるほどしか対向車が通らない。

金網で区切られた空き地前を通ったとき、歩道のベンチに座っていた白い影がゆらりと立ち上がった。こちらに向けて親指を突き立て、折り畳んだ傘を振りまわしている。

ブレーキを踏んだ大樹は、ギアをリバースに入れて車を後退させた。白い影は縁石を越えて車道を横断、助手席側にまわり込んでくる。

「姐御、なんか用？」

「悪《わり》ぃな、ちょっくら乗せてってくれ」

有無を言わせず、姐御は助手席を占拠した。

「こんなところで散歩？」

「ちげえよ。稲宮で人と会っててな、その帰り」

「その格好で人と会ってたの」

姐御は白いジャージの上下を着ていた。二十代の女が遠出する格好とは思えない。だが化粧はきちんとしている。黄金色の豊かな長髪とくっきりした顔立ちも相まって、やさぐれたフランス人形に見える。

「うっせ。アタシの普段着なんだよ、ほっとけ」

「この道歩いてたってことは、駅から？　バスは」

　あすな町にあるJRの駅から商店街まで歩くと、三十分はかかる。駅と商店街の往復だけなら自転車でも構わないが、稲宮とあすな町なら通常は路線バスを使う。

「乗らなかった。その会ってたやつが、車で送るってたけども断った。歩きたくってさ。でも歩いてたら疲れてきて、そこにおまえの軽バンが通りかかった。運命だな」

「なにそれ」

「いいからいいから。おまえさ、あの胡散《うさん》くせえ看板覚えてる？」

　姐御が指さす先には、背の高い雑草を背景にした掘っ立て小屋がある。小屋の側面に貼りつけてあるレトルトカレーのホーロー看板を示しているようだが。

「あれさ、アタシがガキの頃からあんだわ。今日は昔話が盛り上がってさ、急に懐かしくなって歩きたくなったんよ。んで笑った。あの看板、いつまであんだろ」

「さあ……。あの小屋、野菜の無人販売所だっけ」

「野菜置いてあるの見たことないけどな。変わらないな、この町」

　感慨深げにしていた姐御は、膝を叩いて声をあげる。

「それとな、また増えた。歩いてみるもんだな、数年ぶりに増えたぞ。さっきまでアタシが座ってたベンチ、新しいやつだ」

「ベンチって。ああ、あれか」

姐御が言っているのは、無人販売所脇の歩道にある木製ベンチのことだ。似たものが、あすな町のいたるところに設置されている。

いつの頃からか、商店街や住宅地、児童公園などに透明塗料で塗装された手作りのベンチが置かれるようになった。ドリアード近くのバス停標識脇に置いてあるベンチも同じく、誰の仕業なのか定かではない。

不法投棄されたものかと役場が撤去しても、数日経つとふたたび忽然《こつぜん》と出現する。通行の妨げになるものはさすがにしつこく撤去されたが、邪魔にならないものはそのうち役場も諦め、今ではあすな町の風景に馴染んでいる。住民たちが利用して傷んでくれば、いつの間にか補修して戻されるという念の入れようだった。

「隠れボランティアでもいるのかね」

大樹はギアをドライブに入れた。水たまりを踏みつけ飛沫《しぶき》が上がり、雑草に覆われた空き地と掘っ立て小屋が遠ざかっていく。

「新しいと言やさ。店、可愛いコ入ったんだって？」

「キャバクラに可愛いコ入った、みたく言わないでくれる？」

前方に路線バスが見えた。ヘッドライトが大きくなり、対向車線を通り過ぎていく。

「どんな子よ」

「よく働くよ。でもなんというか、とっつきにくい。なに考えてるかわからん」

昨日の青葉は腑《ふ》に落ちないところだらけだった。近づいたものがまた遠のいた気分だ。今日は夜間も母に店を任せきりで、青葉とは顔を合わせていない。ダッシュボードの電波時計は、七時二十分を指している。今すれ違ったバスに乗っていたのだろう。

ふうん、と姐御が相槌を打った。

「なあ大樹、煙草いい？」

「ダメ。これ店の車だから禁煙。——姐御って、煙草吸ったっけ」

「吸わないな。もうやめた」

「じゃあなんで訊くの……」

姐御はちろりと舌を出した。

「いや癖でさ。前は吸ってたんだけど、近頃は肩身狭いんでな」

歩道橋に備え付けられている信号機が赤に替わり、車が停まる。助手席でシートベルトの位置を直した姐御は、信号が青になり、車が走行を始めるのと同時に言った。

「それで今日会ってたやつだけどよ、おまえ梅川杏平《きょうへい》、知らなかったよな。ナヨナヨっとした、みみっちいやつ」

「知らない」

と答えたが、梅川という姓には心当たりがあった。

「もしかして梅川の奥さんの」

「そう息子、アタシの後輩。おまえも中学一緒だったはずだぞ。アタシの二つ歳下」

梅川夫人は、商店街にあるスーパー経営者の奥方でもある。場末のスーパーではあるが、商店街で最も繁盛している店舗の跡取りということになる。

「なら俺の一年後輩か、面識ないな。梅川家のお子さんが男女二人兄妹なのは知ってるよ。二人とも大学生って聞いたかな」

「家離れてるし、同級生じゃなけりゃそんなもんか。アタシは親が梅川の小父《おじ》さんと仲良くてさ、それがツテかな。中坊の頃はまわりうろちょろしてたんで、よく殴ったよ」

「殴らないであげて」

大樹が姐御と話すようになったのは帰郷してからで、昔は怖そうな金髪を遠巻きに見ているだけだった。姐御の過去はあまり知らない。

考えてみると、ドリアードやパナケアで顔を合わせる面々を除いて、今も商店街に店を構える人たちとは繋がりが希薄だ。都落ちが気恥ずかしくて旧友とも連絡を取っておらず、交友範囲は思いのほか狭い。気兼ねなしに親しくしてくれる姐御の存在は、実はありがたいことなのかもしれない。

「今日は杏平の妹もいたぞ。兄貴はともかく妹のほうは垢抜《あかぬ》けてた。おまえ好みかもな」

　姐御が言うには、その梅川杏平が帰ってくるそうだ。今年大学卒業で就職に失敗し、致し方なく実家のスーパーで働く流れ。実家に住むのを嫌った彼が、里帰りの妹を伴って賃貸アパートを探すと聞いて、手伝うついでに再会を祝したという。

「誰かさんと同じだ。よかったな大樹、半ニートの仲間できて」

「半ニート言うな。姐御だって家業の手伝いだろ」

「アタシは次が決まるまでの腰掛けじゃない。ここで生まれて、ここで働いて、それで」

　急に声色が憂いを帯びたように感じた。目の端で姐御を見ると、物憂げな横顔が対向車のヘッドライトに一瞬照らされた。

「結婚したら離れるかもしれんけどさ、それまでは」

「ジャージで出歩く人が結婚ね」

「うっさい、てめ最近生意気だぞ」

　姐御が摑《つか》みかかってきた。大樹の腕を激しく揺する。

「危ないって、運転中！」

「ふん。おい、ここ真っ直ぐ。煙草やめたせいでちょい口が寂しい。コンビニで飴《あめ》買う」

「わがままだな……」

商店街に通ずる交差点は曲がらず、街路樹を両脇に県道を直進した。

県道沿いには、安い土地のせいか占める面積が広く、駐車場も無駄に広いコンビニがある。建ったのはいつだったろうか。新しく進出を計画していたコンビニに、一時は商店街の住人が反対運動をぶち上げようとしたのは覚えている。だが結局は反対運動自体が立ち消えとなったのも覚えている。JRの駅近くにあるコンビニは距離が遠く不便であり、近隣の食生活を支えるスーパーは午後八時に閉まるとあって、今では商店街の住人にも重宝されているのだから笑い話にもならない。

「誰に向かって口きいてやがんだ！」

その広い駐車場にハンドルを切って入ろうとすると、車内に届くほどの叫声が轟《とどろ》いた。水たまりのある駐車場の一角、薄暗いなか老人と若者が相対しているのが見える。

老人は薄汚れた作業服を着る繋じいだった。

「大樹、あれ」

姐御は口を半開きにしている。

「うん、繋じいだね」

「じゃなくて、もう一人のほう」

駐車場に車を停める。姐御は短兵急にドアを開け、駆け寄っていった。

「杏平、おまえ何してんの。なんでいんだよ」

癖のある栗色の髪をした優男は、姐御の姿を見つけるなり安堵《あんど》の表情をした。しかしそれは、繁じいの大喝によってかき消された。

「どこ向いてやがんだ、無視すんな！」

優男はふたたび情けなく首をすくめる。対する繁じいは、ひょろりとした痩軀《そうく》の男で、気弱そうな雰囲気が容貌から滲み出ていた。

すぐ横には、エンジンがかかったまま大型のＳＵＶ車が停められていた。車体は夜に映えるまっさらな白、タイヤの下にはレジ袋と一升瓶の破片が散らばっている。鼻をつくアルコールの匂いは、その割れた酒瓶から漂っているようだ。

「ね、ね、繁じい落ち着いて。オレ覚えてるでしょ、梅川の息子」

「忘れるかよ。糞《くそ》スーパーの糞ガキだろッ」

宥《なだ》めようとする優男だが、繁じいは胸ぐらを摑まんばかりの勢いだった。毎度のことながら、この老人の癇癪は度が過ぎる。

「だから弁償するって……」

「そういうこっちゃねえつってんだろが！」

見るに見かねてか、自分の腰に片手を当てる姐御が取りなしにかかる。

「なあ繁じい、なしてまたキレてんの。杏平が悪さやったんか」

「この馬鹿が俺の酒をこの車で——」

繁じいはSUV車のバンパーを蹴り上げた。優男が悲鳴に近い声をあげる。

「——踏んづけて割りやがったんだッ」

「いやだってさ、地べたにあるから空の袋だって思うし……」

触らぬ神に祟《たた》りなしで距離を置く大樹にも、状況が呑《の》み込めてきた。繁じいがコンビニで買った酒瓶をなぜか駐車スペースに置いておき、それをSUV車で杏平が踏み割った。弁償しようとしているが、繁じいは喚《わめ》き散らして取り合わない。

「ねえ、もう行こうよ。弁償でいいじゃん」

SUV車の後部座席から半身を出した茶髪の子は、杏平の妹だろう。

「俺の金じゃなきゃ意味ねえんだよ！」

吠《ほ》えるように叫んだ繁じいは、二の腕で鼻の下を拭った。その左手に紅紫色の小さな花が握られている。蓮華草《れんげそう》、どこにでもある野花だった。

「てめえ、いつか殺してやるからな」

物騒な捨て台詞《ぜりふ》を吐いた老人は、杏平から目を切ってコンビニに取って返す。「繁じい、ちょい待てって」という姐御の制止にも止まらなかった。

「なんなのもう。帰ってきて初っ端《しょぱな》が繁じいかよ……」

杏平は膝に手をついて疲れ果てていた。げっそりしている。項垂《うなだ》れる栗色の癖毛頭を、姐御が苦く笑ってぽんと叩く。

「おまえ相っ変わらず根性ねえな。あの爺《じい》さまも相変わらず理不尽だしよ。んなもん、置いとく自分が悪いんだろうに」

大樹は二人の会話に加わらず、駐車場を囲む植樹帯に目を向けた。

植えられている躑躅《つつじ》は育成状態が悪く、密度の低い植樹帯の一部に紅紫色の野花が群生している。痾癪持ちと可憐《かれん》な野花の組み合わせ、そして老人の行為に違和感があった。

「大樹、どした」

姐御に問いかけられ、頭を掻《か》く。

「俺もう帰るよ。配達続きで汚れてるから、店の車掃除しないと」

「そっか、送らせて悪かったな。杏平紹介しとこか」

「お疲れのようなんで、また今度」

店に戻るべく大樹は商用車の運転席に座り、老人の消えたコンビニの自動ドアを一《いち》瞥《べっ》してから車を発進させた。

○　○　○

大粒の雨が激しく路面を叩いていた。降りしきる雨を避け、パナケアの軒下に入って傘を閉じた。しだれ落ちる上着の水滴を撫でるように払う。

「おう、昨日なんで来なかったんだよ。ここに顔出すの義務だろうが」

大樹が扉をくぐると、開口一番、カウンター席でビール瓶を舐める姐御に因縁をつけられた。和尚と菅原も四人掛けのボックス席に陣取っている。

「よく降るねえ。こんばんは大樹くん。家で食べなよ。ご注文は？」

定型化された店主の文句に、カウンター席に腰を下ろした大樹は「ホットひとつ」と得意になって注文した。

「おっ、違うんだ。昨日も来なかったけど、どうしたの」

「普通に外食ですよ。稲宮に配達あったんで、そっちで食べてきました」

昨日に引き続き夜間の配達が忙しく、今日も営業時間中にドリアードへは戻っていない。急げば閉店に間に合わなくもなかったが、思うところがあって帰らなかった。

「その言い方だと、うちで食べるときは普通に外食じゃないみたいだけど……」

納得しかねる様子でマスターがサイフォンに向かい、姐御がビール瓶をドンと置く。

「よし、それじゃ大樹が揃ったところで、会議を始めるぞ」

「会議って？」

「梅川さんとこの息子が帰ってくるだろ。歓迎会したいんだとさ」

座席の和尚が半笑いで応じたが、対面に座る菅原は小鼻を膨らませていた。

「稲宮に住むんだろ？　実家住みゃいいのに」

「ター坊、おまえさん梅川の奥さんは知ってるよな。息子は知ってるか」

和尚に訊かれ、コンビニでの一件を思い返す。

「知ってるっていうか、昨日初めて会ったかな。繁じいと揉《も》めてたときに」

「なんじゃい、揉めてたって」

「それがさ」

事情を説明すると、和尚は渋面になって座席に沈み込んだ。

和尚と繁じいは旧知の間柄だと聞いている。見かけと違って事なかれ主義を第一とする寺の住職としては、誰彼構わず吠えかかる老人を苦々しく思っているのかもしれない。

「そりゃ杏平のやつ災難だったなぁ。あの人も昔は」

「あんな人じゃなかった？」

「いんや、あんなもんだった。年がら年中怒ってた」

「あら」

肩透かしを食らった大樹に、菅原が思わず笑う。

「子供の時分は、俺も何度かどやされた覚えあるよ。今じゃ偏屈なただのジジイだけどさ、若い頃はそれはもう怖くて、みんな近寄らんかった」

「菅原さんて、繋じいとそんな離れてるんだ」

「んな歳じゃないよ俺は。あの爺さん戦前の生まれだから……三十ぐらい離れてるか。和尚は二十ぐらいだな」

「はいはい、そこまで」

姐御が手を大きく二回叩いた。脱線し始めた話の軌道修正にかかる。

「繋じいはもういいって。歓迎会だろ。いいじゃん、歓迎会してやろうぜ」

「おまえさんは、それを口実に馬鹿騒ぎしたいだけだろうが」

和尚の指摘は正鵠《せいこく》を射ていたようで、姐御は照れ笑いに紛らせている。

気持ちはわからなくもない。この田舎町では耳目を集める騒動も椿事《ちんじ》もなく、働いて就寝するだけの日常を過ごしていれば、たまには大騒ぎしたくもなる。大樹にしても、故郷の土を踏んでからは羽目を外す機会が一切なかった。

いや、きっとそれは、大学時代に植物学の道を諦めた頃からだ。友人と談笑していても飲み会に参加しても、胸のどこかに隙間風が吹いているようで心の底から楽しめない。

気晴らしにはなる、か。

大樹が賛成しようとした寸前だった。くぐもって聞こえていた雨音が大きくなり、入り口のカウベルが静かに鳴った。

噂をすれば影。入ってきたのは繁じいだった。

「おい、珈琲。熱いやつ」

無愛想に注文した繁じいは、店の奥に向かおうとする。

その背中に和尚が言った。

「おう繁さん。手、平気か」

見れば、老人の右手には手首から親指にかけて白い包帯が巻かれていた。昨日のコンビニ駐車場では巻かれていなかったものだ。

「平気も糞もあるか。どうせまともに動きゃしねえよ」

「ちゃんと警察に被害届け出したのかい」

「なになに。繁じいどったの」

と、老人本人ではなく和尚に訊ねたのは姐御である。

「轢《ひ》き逃げに遭ったんだと」

「いつだよ」

昨日コンビニで見かけたときには包帯がなかった。駐車場で怒鳴り散らしたあと轢き逃げに遭ったのだろう。和尚は続けて語ろうとしたが、繁じいが舌打ちをひとつした。

「おい糞坊主、勝手に人の話すんじゃねえよ」

「ああ、すまん。でもよ、被害届けがないと警察も動かねえからな。そういうのは、きっちりしなきゃいかんぞ」

「診断書がいるとかどうこうで、しち面倒臭いんだ。ごちゃごちゃうるせえな」

それで話は終わりだと言わんばかりに、繁じいは座席にどすんと腰を落とした。

姐御が口を閉ざした老人から和尚に目を移し、小声になる。

「で、いつ？」

「昨日の夜だよ。ほら、県道沿いに無人販売所があるだろ。あそこ近くの歩道橋のとこ。かすったたって話だが、その拍子にすっ転んで」

「何度も言わせるんじゃねえよ！」

途端に繁じいの罵倒《ばとう》が飛んできた。和尚は苦笑して肩をすくめる。

繁じいと和尚のやりとりに、大樹は気にかかる部分があった。しかし、姐御によって意識が引き戻される。

「まあ話を戻すか。とにかくさ、歓迎会だって。杏平はどうでもいいけど、なんか騒ぎたくね？」

「今年は花見もできんかったしなぁ。河川敷の桜も散ったか」

近場にある河川敷の沿道では毎年桜が満開となるが、すでに時遅しで見る影もない。

散り去った桜に和尚が遠い目をしていると、大樹の前にソーサーと珈琲カップが置かれた。芳醇《ほうじゅん》な香りが鼻孔をくすぐる。

「桜って、一斉に咲いて一斉に散っちゃうね」

珈琲を置いたマスターが、誰ともなしにそう言った。疑問を呈したのでもなかったろうが、珈琲に砂糖を入れてかきまわし、大樹は回答を口にする。

「あそこの河川敷の桜、染井吉野ですから。クローンなんで、咲くのも散るのも重なりますよ」

「んだよ、クローンて」

反応した姐御以外に、和尚や菅原もこちらを見ていた。

「知らなかった？」

熱い珈琲を口に含んだあと、大樹は続ける。

「染井吉野は、江戸時代に野生の桜を掛け合わせた品種なんだよ。そこから接ぎ木や挿し木で数を増やしたから、世界中にある染井吉野は全部同一遺伝子のクローン。一斉に咲いて散るのはそのせい」

菅原が下顎《あご》に手を添え感心している。

「挿し木ってあれか。若木取ってきて、根っこ生やして植えるってやつか」

「そう、それ。若木というか、親木から挿し穂っていう元気のある枝を取ってきて土に植える。染井吉野はだいたい接ぎ木だろうけど」

「クローンて聞くと、なーんか桜が気味悪くなってきた……」

姐御は微妙な顔つきをしているが、植物の世界では頻繁に行われることだ。ブランド名を持つ品種改良された果物などは、そうやって数を増やしている。そもそも、クローンという生物学用語は植物に端を発しているのだ。気味悪くはない。

「挿し木なんて、ガーデニングやるなら普通だって」

「つうか、クローンってのがな。桜見る目が変わったわ、大樹のせいで」

「俺が悪いんじゃないでしょうが」

「大樹ってさ、得意分野だと饒舌《じょうぜつ》になって語り入るよな。キモい」

姐御と言い合いをするなか、大樹が静かになったボックス席を横目で見ると、和尚が一人、腕を組んで黙考していた。菅原が「どしたい」と覗き込むと、和尚は猪首《いくび》をもたげ大樹に向けた。

「なあタ一坊、檜って挿し木で増やせるのか」

「できると思うけど。なんで？」

「檜は高く売れるって聞いたんだよ。うちのお化けヒノキ、あれから増やせないのか。増やせるなら大儲けできるんじゃねえかって」

檜は最高品質だというが、挿し木から育成したものを売るとなるとまた別だ。

「何年かかるの。ちょろっと育てて増やした檜が高額で売れるなら、林業がもっと活発になるよ」

「うちに来たのは高く買うつってたぞ。ほれ、ター坊には前言ったよな、お化けヒノキにイチャモンつけてきたやつ」

記憶を探ってみると、一ヶ月ほど前、配達で森覚寺を訪れた際に和尚から聞いた覚えがあった。樹間に白い影を目にして、お化けヒノキの根本に小さな窪みを見つけたときだ。売却の話は初耳だが、お化けヒノキが枯れそうだというのは耳にした。枯れそうだから買い取りたい、とでも持ちかけられたのか。

「いくらで買うって？」

「うん百万だとよ」

菅原が「うん百万」に飛びついた。

「まじか。そんな高く売れるのか」

「売らねえけどな。お化けヒノキ、じゃなくて霊樹はうちのシンボルだ」

売る売らないはともかく、和尚と買い取りを持ちかけてきた相手に行き違いがあるらしい。どこの誰かは知らないが、その人物は檜が高く売れると吹き込んだのではないだろう。

「それさ、お化けヒノキだから特別に高く買うんだよ。樹齢の長い檜は、神社仏閣に使われるって言うね」

「樹齢が五十年やそこらの檜じゃ駄目なのかい。同じ檜にゃ違いねえだろ」

そこまで知らない。樹齢の長い木は神聖な感じがして高額なんだと、大した根拠もなく決めつけていた。

「そりゃ太いからだろ」

意外なところから声が放たれた。

注目を集めた繁じいは、両手で抱えたカップに息を吹きかけ珈琲を冷ましている。

「幹が太い檜は国内だと希少なんだよ。無節《むじ》っつう節がまったくねえ材木も価値はあるが、樹齢うん百年の檜は市場にまず流れねえ。檜は香りがいい、耐久力もある。特にあの大檜は天然記念物でもねえし、真っ直ぐ伸びてて具合がいい。建材としちゃ最高級品で、お国だって文化財の補修に使いたがるだろうよ」

言い終えて珈琲をひと口飲み、カップをソーサーに置いた。

「おい、勘定。小うるさい連中がいるんじゃ、落ち着いて珈琲も飲めやしねえ」

テーブルに小銭を叩きつけ、繁じいは肩で風を切るようにパナケアを出ていった。

皆がみな、老人の消えた先から目を戻す。老人のいた座席には、半分も飲んでいない珈琲カップが残されていた。

「よく来てくれるんだよ。酔いざましに珈琲がいいって」

マスターがテーブルを片付けながら、ふっと目元を和らげた。

「あの爺さま、なんでんなこと詳しいんだ」

訝しんでいる姐御の言葉は、大樹の心情を代弁していた。日頃から酒浸りで口汚く、智慮の欠片《かけら》も見せない老人が物知りだとは知らなかった。

しかし、和尚はさも当然であるかのように深く頷いていた。

「繁さん、元大工なんだよ。怪我して辞めちまったが、腕は良かったらしいぞ」

「怪我って？」

姐御の問いに、和尚は鼻から盛大に息を吐く。

「資材の下敷きになったんだと。助け出されたときは、手首が皮一枚でぶら下がってる状態でな。治るには治ったけどよ、右手の握力がまるでなくなって、これじゃ大工続けられないってんで、それからは日雇い」

「そういやさ」

回想でもするように、菅原は天井を見上げていた。

「昔は飲んだくれてなかったな。子供の頃どやされたってのも、筋は通ってたか。今みたいに当たり散らす感じじゃあなかった」

「酒飲むようになったのは怪我してからだ。傷が疼《うず》くんで酒飲んで身を持ち崩して、日雇いもうまくいってなかったみたいだな。しかしまあ、同情はするけどよ、あれじゃあよ。轢き逃げの話だって、目撃者いても名乗り出てこねえだろ。あんな鼻持ちならない爺さんにゃ、みんな関わりたがらねえもん」

和尚の話が終わる頃には、店内の空気が心持ち沈んでいた。姐御も気勢を殺《そ》がれ、つまらなそうにビール瓶を片手で揺らしている。

外の雨脚が弱まってきていた。しとしとと落ちる雨音を耳に大樹は言った。

「和尚さん、その轢き逃げって」

「ああうん、それな」

昨日の夜間八時頃、現場は無人販売所近くの歩道橋前。繁じいが道路を横断しているとき、猛スピードで県道を走ってきた車に当てられた。といっても、こすられた程度で、転倒した際に右手を道路に打ちつけて手首を捻挫、救急車で運ばれたらしい。

一瞬の出来事で本人は車種等を覚えておらず、目撃者もいないなら、このまま泣き寝入りになるのではないか、ということだった。

「握力がないっても、元は右利きだから咄嗟《とっさ》に出したんだろうがよ。ま、左が無事で不幸中の幸いだったんじゃないか？　両手使えないんじゃあな」

「だからか」

大樹はビール瓶で手遊びする姐御に顔を寄せた。

「昨日のコンビニでさ、繁じい、片手が使えないから買ったものを駐車場に置いて、空いた手で花を摘んでたんだよ。変だと思ってたんだ。花を摘みたいのならレジ袋手に提げててもいいのにって」

「花ぁ？」

姐御は鼻筋にしわを作った。

「似合わねえ。あの爺さまが花摘んでどうすんだ」

「さあ、どうすんだろね……」

繁じいが蓮華草を摘んでいた理由《わけ》など、大樹には知る由《よし》もない。けれど老人の歩んだ人生と野花を摘む姿が混じり合い、憐憫《れんびん》めいたものがちくりと胸を刺した。

○　○　○

ぎっくり腰というものは、長引いたところでそう時間がかかるものではない。家で腰を庇いながら生活していた父の竹治にしても、幾分痛みが引いてきたらしく、夕方に来て生花の発注をこなしていた。

腰の調子をうかがいながらの暫定的復帰とはいえ、朗報ではある。仕事量が減るというのもあるが、その日は夜間の配達がなく、青葉とは偽畑に行って以来の顔合わせだったので、気まずく思っていたからだ。

柊青葉という女の子は、どことなく繊細で脆《もろ》い雰囲気がある。あの夜の振る舞いと言動の意図を無遠慮には確かめにくい。かといって、素知らぬふりに徹して有耶無耶《うやむや》にするのも無関心なようで憚《はばか》られる。そういう意味では、父が青葉を気に入って、構いきりなのは助かった。

「青葉ちゃん、重くない？　そんなの、うちのにやらせればいいよ」

閉店の準備にファサードを片付ける青葉を気遣う竹治は、猫撫で声で相好を崩している。もはや、初孫を可愛がる好々爺《こうこうや》の体である。

「いえ、平気です」

青葉はブリキバケツを店内の空いたスペースに置き、次いで外に展示してあったキャスター付きの什器を転がして運ぶ。

「高校生なのに、しっかりしてるねえ。うちのが高校のときは、店の仕事なんざ見向きもしなかったもんだけどな」

今日の父は随時この調子だった。何かにつけて比較される。そして二言目には、「いいから青葉ちゃん、休憩しときなさい」「お菓子あるよ、食べるかい？」である。

「俺もやるよ」

女の子一人に閉店準備を任せるわけにもいかない。大樹も外に出てファサードのブリキバケツを持ち上げた。その直後。

「――――ッ」

店内で息を呑む気配がして、派手な音が背中を叩いた。

首を伸ばして確認すると、硬直した青葉がエプロンを両手でぎゅっと握り、彼女の運んでいた木製什器が斜めに傾いていた。その什器に載せられていた鉢物の詰まった木枠が滑り落ち、飛び出したいくつかのプランターが土を撒き散らしている。プランターは安物のビニール製で割れはしなかったが、青葉の靴も土をかぶって汚れていた。

「怪我しなかったかい？」

作業台で花器に切り花を詰めていた竹治が慌てて近寄り、顔を上げた青葉は悄然《しょうぜん》としている。

「ごめんなさい……」

「いいよいいよ、しょうがないよ」

もっとも、青葉の失態ではなかった。木製什器の脚に固定されていたキャスターが床に転がっている。経年劣化で留めていたビスがゆるくなったせいだろう。キャスターと金具を拾って修理を試みたが、留めていたビスが見つからなかった。ビスがあったとしても什器側のネジ穴が広がっており、再度の固定は難しそうである。

「古いからなあ……」

屈もうとした竹治は、腰を曲げる途中でしかめっ面をして上半身を戻した。拳で腰を叩いている。痛くて中腰にもなれないらしい。

「大樹、おまえ片付けとけ。青葉ちゃんは時間だろう？　上がんなさいな」

「手伝います」

「俺やるからいいよ。バスが来る時間になっちゃうからさ」

壁時計の針は七時直前だった。大樹も促したので、青葉は気に病んだ面持ちながらも裏の更衣室に向かった。彼女の靴も汚れてしまったが、幸いそちらは心配いらない。店頭で生花を扱うと花粉によってとかく靴が汚れがちで、通学時に使うものからバイト用の運動靴に履き替えるよう、最初にお願いしてある。

「じゃ、あと頼むぞ」

しきりに腰を叩く父は店をあとにし、大樹は店頭に一人残された。

飛び散った土を塵取りに掃き取る。床の埃も混ざったため古い土は捨て、新たに培養土を用意した。

「待ってな、植え替えてやるから」

根をさらして横たわっているプリムラ・ジュリアンの集団に声をかけ、プランターに戻して個別に土を盛っていく。植え直したものは商品として数日は出せない。散らばった拍子に根に傷がついていないか、ある程度経過を見たかった。プリムラは暑さに弱い多年草で、高温を避ければ越夏できる。風通しが良く陽の当たる場所ならば、自宅の庭が最適だろう。

「家に持って帰るか」

呟き、プリムラの花びらを撫でたときである。

気配を感じて目をやると、エプロンを外した青葉が直立していた。濃紺の制服に身を包み、通学用のスクウェアバッグを背負っている。家に持って帰って洗うためか、手には靴袋を提げていた。

「暗いから気をつけて」

「はい」

青葉は出口に足を向け――、振り返った。

「あの。今……誰かと話してました？」

「うん？　ああ」

単なる独り言だ。父や母にも悪癖だと再三注意されている。歳下の子にあらためて指摘されると、いかにも決まりが悪く面映ゆい。照れ隠しに手のひらで額を拭い、大樹は言い訳めいたものを口にした。

「いやまあ、ほら。植物に話しかけて優しくしてあげると、応えてくれるんだよ」

「聴こえるんですか」

「何が」

「植物の声が」

あの夜、畑での青葉の振る舞いが脳裏《のうり》によぎった。頬に赤みがさした彼女の瞳には、熱意とおぼしきものが揺らいでいる。

「わたしも」

と動いた青葉の口は、しかし店に入ってきた茜によって止められた。

「なわけないでしょ、ただの独り言。ですよね、草壁さん」

大学の帰りにでも来たのだろうが、いつになく表情の硬い茜は大樹を瞥見し、妹に向き直った。日頃の快活さはなく、声音は静かな怒気さえ帯びている。

「もう帰んなさい」

「だけど」

「アオちゃん」

青葉は悪戯を見咎《みとが》められた、幼い子供のような顔つきをしている。瞬刻渋るような素振りを見せ、俯きながら出ていった。

妹が出ていっても、茜の硬い表情は変わらない。

「勝手な真似《まね》をして申し訳ありません。お店のことはわかりませんけど、あたしが代わりに手伝いますよ」

口を半分開いて姉妹のやりとりを見ていた大樹は、ここでやっと我に返った。

「あ、いや、そういうわけには」

「固いこと言わずに。あたしこれでも掃除が得意なんです」

掃き取り損ねた土が床にまだ残っている。得も言われぬ迫力の茜に手を伸ばされ、やむなく箒を引き渡す。

「……それじゃ、お願いします。俺はこっちを」

床の片付けを茜に任せ、大樹は壊れた木製什器の修繕にかかった。

鉢物が詰まった木枠を脇によけ、瞬間接着剤でキャスターを取り付ける。応急処置だが、数日ならば保つだろう。乾くのを待ってキャスターの固定具合を確かめたときには、茜の床掃除も終わっていた。

「どうもすみません。助かりました」

「あとレジのお金とかですよね。あたし、ちょっと待ってます。ほかに何かあれば、やっておきますよ」

「いえ、もう閉店するだけでほかには、――待ってる？」

「はい、待ってます。もしよろしければ、これからお食事をご一緒しませんか」

箒を奪った迫力そのままに、柊姉はそう言った。

○　○　○

太平洋側に位置する稲宮市は、多くの地方と同様に人口問題を抱える、特徴のない地方都市である。合併特例法に乗じていくつかの町村を取り込み、コンパクトシティ構想を打ち出したのが十余年前。空洞化が進んでいたJR新稲宮駅周辺は、今や商業店舗が軒を連ねる中心街として体裁を整えている。

食事に誘った茜が提案した店は、新稲宮駅南口のビル地下にあった。国内に幅広く展開する居酒屋チェーン店で、黄色と赤の目を引く看板を掲げている。

「草壁さん、この辺りによく来たりします？」

「配達でたまに。稲宮でごはん食べることもありますよ」

新稲宮駅がある区域を、俗に「稲宮」と呼称する。

あすな町も今は稲宮市ではあるのだが、編入前からの癖が抜けきらないのではなく、口さがない者が「騙された」と揶揄《やゆ》するほどに合併した町村の人口を吸収し、中心部に絞って開発を推し進める市への皮肉でもない。稲宮市に住んでいる者ならばみな稲宮と呼ぶので、単純に新稲宮駅を略して俗称になったものだろう。

「とりあえず烏龍茶《ウーロン》を」

店に入って勧められた二人掛けのテーブルに着き、大樹は注文を口にした。父から借り受けた軽自動車を移動に使ったので飲酒はできない。

「あたしも烏龍茶をお願いします」

「遠慮せずに飲んでもいいですよ。俺、もともとあんまり飲まないし」

「や、あたし未成年なんで」

席に案内してくれた店員を前にして、事もなげに茜が言った。店員の顔色をちらりと見た大樹に、白い歯をこぼした茜が注釈を入れる。

「初めて来たとき確かめたら、お酒飲まずに食事だけならいいって」

「なるほど」

大学に入りたての学生が居酒屋で飲み会を催すように、茜もそれなりに飲むのだろうと色眼鏡で見ていた。店員が席を離れ、彼女は肩口から店内を眺めている。

「好きなんですよ、こういう騒がしい場所。女独りだと酔っ払いに絡まれることもありますけど、なんでかな、こういうところ、独りでいても大騒ぎしてる一員になったみたいで、楽しくなってきませんか?」

そう言ってメニューを広げる。

彼女が手を動かすと、爪が短く切り揃えられた指先が目立って見えた。

「いろいろな種類のおかずを、好きなだけ食べられるのも嬉しいかな」

二人で品書きを眺め、コードレスチャイムを押して数点の料理を注文した。途中、奢《おご》る奢らないの応酬はあったが割り勘に落ち着いて、先に届いた烏龍茶を口に含んだ茜は、グラスを置いて吐息を漏らした。

「さっき、妹が変なこと言ってませんでしたか」

唐突な話柄、ではない。

柊姉妹の挙措を合わせて考えるに、青葉には何かあるのではないかと、おぼろげながら感じていた。今日の発言も聞き逃してはいなかった。

「植物の声が聴こえる、とかなんとか」

「どう思います？」

「そういう人、いますね」

愛情を持って草花を育てている人のなかには、そう豪語する人もいる。決してスピリチュアルな話ではない。ペットが喋《しゃべ》る、会話できると主張する人と似たようなものだ。

「夢見がち――、でもないな。花を可愛がってると、そんな気がしてくるんですよ」

「あの子のは、そんなレベルじゃないんです。実際に声が聴こえるって。幼い頃は他人の家の軒先にある鉢植えと会話したり、街角の木と会話したりしてました。それで喧嘩《けんか》になったこともあります。小学生のときは学校で言い張って仲間外れにされてたみたいだし、通信簿に注意書きを入れられたことも」

そこまで一気に吐き出し、茜は小さく嘆息した。

「昔からずっとそうなんです。まわりの人に、おかしな子だって思われてやしないかと」

「柊さ……青葉さんは、本気で」

「はい。イマジナリーフレンドってありますよね、それみたいなものじゃないかと。でもあの子の場合、なかなか治らなくて」

イマジナリーフレンドは、心身の成長過程で消滅するというが。

「母が亡くなってからなんです、あの子がそう言い出したのは。最初は母の真似をして気を惹《ひ》きたいのかと聞き流してたんですけど。父によると、あの子ほどではないにしろ、母も花に話しかけて育てる人だったみたいなので」

「だったみたいなので？」

母親が亡くなったのは、覚えていないくらい幼い頃だというのはわかる。なのに茜は、さらに幼い妹の青葉が母親の真似をしていると思っていた。内容に齟齬《そご》がある。

大樹が疑義の視線を注ぐと、茜は逡巡《しゅんじゅん》するように目を伏せた。

離れた座席で歓声が打ちあがった。音頭を取ってジョッキを交互にぶつけている。赤い提灯《ちょうちん》が飾られた店の入り口では、男女混合の団体客が騒いでいる。仕事帰りに寄ったのか、高いテンションでかまびすしい。喧々たるなかで真面目くさって話し込む二人の姿は、いささか場違いに見えるかもしれない。

喧騒が収まると、茜はひと呼吸置いて口を開いた。

「この際だから言っちゃいますと、あたしにとっては義理の母です。あたしは父の連れ子で、あの子は義理の母の連れ子。再婚してすぐ亡くなってしまったから、あたしは義母《はは》のことよく知らないんですよ」

道理で。似ていない姉妹だとは思っていた。

「以前、お墓参りに行っていたのが」

「ええ、その義母のお墓です。今年のお彼岸は引っ越しであたしも忙しくて、あの子一人でお墓参りに行って、草壁さんのお店見つけたんじゃないのかな」

稲宮在住の青葉が募集の貼り紙を見つけたということは、四月初めにラベンダーの種をあげた日以外にも、母親の墓参に足繁く通っていたのかもしれない。

「アルバイトにしたって、あたしは反対なんです。でも父は妹に甘いから、二つ返事で了承しちゃって。とにかく猫っ可愛がりで」

茜が大学入学を機に一人暮らしを始めようとしたのを、一緒に行きたいと青葉に請《こ》われて許したのも父親で、今は二人で賃貸マンションに住んでいるそうだ。

聞けば、実家はそう遠くなかった。妹に甘いとはいうが、娘のためにマンションを借りるとは、茜に対しても甘いように思う。もしくは、実家がそれなりの素封家なのか。大樹が大学時代に住んでいた下宿先などは、洗濯室もトイレも共同の小汚いアパートだった。

「まあ一緒に住むほうはね、寂しくなくていいんですけども」

「なぜバイトに反対を」

「お花屋さんだから、です。同年代の子しかいない学校の部活ならともかく、見ず知らずのお客さんの相手をして、しかも植物に囲まれた仕事となると、かなり心配ですよ」

店内の賑やかな声に紛れ、テーブルにいくつかの料理が運ばれてきた。大樹も茜も、料理には手をつけなかった。

「青葉さん、年齢のわりにちゃんとしてますよ。ちょっと過保護じゃないですかね」

「そうでしょうか。植物の声が聴こえるって言ってる子に、いい影響があるとは」

「むしろ、社会経験させたほうが」

それが真実、イマジナリーフレンドと酷似《こくじ》したものならば、ではあるが。

「他人に口外しないって、約束してあったんですよ。父やあたしの前では、もう言わなくなってたんで油断してました。だから草壁さんに打ち明けてるの見て、びっくりして」

血が繋がっていないとはいえ妹には違いないのだろう。憂慮している口振りだった。

テーブルの料理には見向きもせず、茜は烏龍茶のグラスを口に運んで喉を何度か上下させた。木製の椅子に座り直し、居住まいを正す。

「それで、草壁さんにお願いできませんか。あの子が植物の声云々《うんぬん》かんぬん言い出したら、いちいち否定してやって欲しいんです。植物が喋るわけないし、心なんかないって。普段から植物を扱ってる専門の方が否定してやれば、あの子のも治るんじゃないかと」

頼み事があるから誘ったのか。

承諾したいところだが、植物を知性のない無生物のごときに言われると、反骨心が芽生え素直には首肯できなかった。かつて学んでいた矜持《きょうじ》がある。植物には声帯がなく、音声では語らない。だが、ほかの方法で語りかけてくるのを知っている。

「茜さんは、植物に心がないと思いますか？」

「え、……ない、です。よね？」

突然の質問に、茜は自信なげで上目遣いになっている。

「あ、でもサボテンに電極を繋ぐとって、小耳に挟んだことが」

いわゆるバクスター効果である。植物を計器に繋いで測定すると、人の行為や心情にポリグラフの針が揺れ、環境に応じた情動が見られるという現象だ。

「あれって、ホントなんですか」

「デマカセです。まあ、心はないでしょうね」

現状、植物における心、感情の証左とするべきものは発見されていない。

バクスター効果実験の発案者は清廉な人物ではあろうが、排水口に熱湯を流し込むと微生物の死に植物が反応するだとか、鶏卵を計器に繫いでも、果てはヨーグルトを繫いでも反応するとまで逸脱されると、さすがに眉唾と言わざるを得ない。

それはおそらく、不正確なアナログ機器ゆえの現象だ。現代の精密なデジタル機器に繫いで測定すれば、植物がテレパシー能力と見紛う反応を示すわけがない。

「けど、知性はありますよ」

「まさか」

「いえ、あります。植物だって、動物と起源を同じくする生物ですからね。天と地ほどの違いはありません」

感覚とコミュニケーション能力があり、枠組みのなかで社会生活を送っていて、生じた問題の解決に行動するのを知性と定義するならば、植物は知的生命だと断言できる。

「や、動物とは違うじゃないですか。動かないし」

「避陰反応といって、並べて植えると相手の高さに負けないように競って生長します。あと、屈光性。光が射す方向に葉を動かして生長もします。判断力があるし、動きもしますよ。遅すぎて人間には感知しにくいだけで」

茜は目をぱちくりと瞬いた。

「草壁さん、やけに詳しいですけど……」

「大学のとき、ちょっぴりかじりましたんで」

「参考までに、専攻を伺っても」

大樹は空咳をした。息を吸い、わずかに胸を反らしてゆっくり言った。

「植物生理学です」


植物に視覚は存在するか。

存在する、と答える者はまずいない。だが、視覚を『光学的情報を感受する能力』と定義すればどうだろう。

屈光性がある植物は、フィトクロム、クリプトクロム、フォトトロピンといった光受容体を全身に張り巡らせ、青色、赤色、遠赤色、紫外線を鋭敏に知覚している。色の正体とは光が持つ波長の長短であり、光があればこそ人間が物体の色や輪郭を視認できるのは言わずもがな、植物も光の波長から色という情報を得ているのは変わらない。

人間も植物も、光によって情報を感受する。ゆえに動物とはシステムが大きく異なるとはいえ、光を感じ取れる植物には視覚があるとしても定義上は否定できない。

植物には視覚がある。そして、視覚で光を認識し〝運動〟を行っている。

頭でわかっていても人が植物を動かないと錯覚するのは、流れる時間の尺度が二者間で異なるせいだ。動いている植物を見たければ、ビデオカメラを据えて録画してみればいい。高速再生させた映像のなかには、植物が光を求めて動く様が克明に映っているはずだ。

「理屈ではわかりますけど……」

割り箸を手にした茜が、ようやく料理に箸を伸ばした。

「でも、それで知性とは言えないじゃないですか」

「どうすれば知性があると？」

「植物が喋ったら知性があるなって思うかも」

「喋りますよ」

茜はアスパラガスのバター炒めを口に咥《くわ》え、きょとんとした。

「その茜さんが食べてるアスパラみたいな植物は、害虫に襲われると匂いを出すんですよ。声の代わりに匂いを言葉として、仲間に危険を報《しら》せます」

正確には化合物、生物由来揮発性有機物《BVOC》を放出して、植物の仲間、ないし昆虫とのコミュニケーション手段として利用している。当然、化合物の微粒子を受け取る側には嗅覚と呼べる受容体が備わっており、ある種の植物は害虫来襲の危険信号を受け取ると、葉に有毒の化合物を生成したり、葉の味を変容させたりもする。害虫の天敵を誘引する揮発性化合物を放出するものまである。

「匂いが植物の言葉で、環境情報を得るのに嗅覚も使ってます。視覚、嗅覚を情報収集にあてて行動を起こすのは、動物と似てますね」

「んん、なんか言いくるめられてる気がする」

茜の口元に微笑が浮かぶ。

「まだです。まだ知性とは認められません」

「聴覚や触覚もありますよ」

「もしかして、植物には五感が？」

「ええ」

と肯定して、大樹は唐揚げに添えられているレモンを指でつまんだ。

「茜さん、レモンは」

「あ、かける派です。いいですよ」

「じゃ失礼して」

レモン汁をふりかけ、唐揚げを口のなかに放り込んだ。レモンでも中和しきれず、肉汁とともに油の風味が舌に残る。唐揚げを咀嚼《そしゃく》し、呑み込んで言った。

「レモンもですけど、果物に音楽を聴かせると味が良くなるって聞いたことないですか」

「よく聞きますね。畑にクラシックを流してるところもあるとか」

「ありていに言うとオカルトです」

音楽の周波数が育成状態に影響を与えた実験例はある。では効果があるのかと問われるならば答えは否。科学的にコントロールされた状況下で行われた実験だとは言いがたく、現時点では畑に音楽を流しても無意味だとするほかはない。

「ではあるんですが、植物の体全体の細胞には機械受容チャネルっていう器官があって、土を耳介代わりに音の振動は捉えてるんですよ」

「耳介？」

大樹は自分の耳を指で触った。

「ほら、せり出したこの部分。動物なら、蛇やモグラも土を耳介として使っています」

「待ってください。それが聴覚だと？　ちょっと乱暴ですよ」

音の振動を感じ取るなら、耳が聞こえないヒトにもできる。強引な解釈だとは重々承知しているが。

「聴覚の定義をヒトとは違うゆるやかなものにすれば、ですかね。植物が振動を検知してるのは間違いないです」

「なんでしたっけ。そのうんたらチャネルで振動を感じるということは」

「そう、機械受容チャネルが触覚も兼ねてます。触覚は……そうだな、花を育ててみればわかりやすいかも。植物の葉や茎を手で触って育てると、小型化、高密度化して早く花が咲きます」

接触形態形成という。幼少期、大樹が祖父に教わった実験である。

「オジギソウなんかは、触れられると葉を閉じますよね。あれ、反射じゃありません。水滴を垂らしても葉を閉じるんですが、何度もやってるとそのうち危険はないと学習して葉を閉じなくなります。触覚があって、刺激の種類を判断できるんですよ」

「だったら、朝顔とかの蔓《つる》を巻く植物も」

「ですね、それも触覚の好例。蔓性の植物は、触覚で判断して支柱に巻きつきますから。なかには自分自身か自分以外なのか、味覚で確かめて巻きつく植物もあるそうです」

「それ味覚と呼べますかねえ。ごはんは美味しく食べないと」

興が乗ってきたのか、茜は次第に笑顔が増えてきていた。食も進み、唐揚げを口に入れたあとはポテトフライをつまんでいる。

かたや大樹は、アルコールが入っていないにもかかわらず、酩酊《めいてい》するかのように気分が良くなってきた。焼き鳥の串を手に講釈する。

「なら根っこのほうはどうですか。植物は地中のミネラルを探して、根の端を伸ばしていきますよね。驚くほど的確に識別しますよ。微量のミネラルでも根を伸ばして摂取して、大量に美味しいミネラルを見つけたら自ら判断して、たくさんの根を伸ばします。植物にはミネラルが食事ですからね。だから味覚」

「うん、ここまではわかりました。ですけどそれって、全部定義によるじゃないですか。人類みたいな知性がって言われると、納得できないなぁ」

「生物としての在り方が違うんですよ。植物には人間にない知覚能力もありますよ」

植物は湿度を測定するセンサーも備え、遠い水源を探知できる。重力を感知し、磁場さえ知覚して成長に役立てている。空気中や地中の化学物質も感知できれば、土壌の汚染物質から根を遠ざけもする。

もちろん植物には脳がない。だが、脳の代役を果たす部位は存在する。根だ。植物の根端は、地中の養分を無秩序に探しているのではない。根端は人間の脳内ニューロンを駆け巡る信号と相似した電気信号を発生させ、絶えず測定を行っている。先に挙げた振動、重力、磁場、湿度のほかにも、温度、圧力、酸素や二酸化炭素などを計測し、植物個体各部と密に連絡を取り合い伸びていく。つまるところ、根端は得られたあまたの情報から伸張方向を算出する、洗練された情報処理装置である。

「遠い将来、宇宙から異星人が来訪したら、地球で最も繁栄した知性体として植物に対話を申し込むかもしれません」

大樹がうそぶくと、茜は手を左右に振って破顔した。

「ないない、ないですよう」

一概にないとも言えない。動物を含めた地球上すべての多細胞生物の生物総重量《バイオマス》を計算すれば、九十九パーセント以上は植物で占められている。植物の恩恵を受けられなければ動物が生きていくのは困難であり、地球全域に根を張って生命を統馭《とうぎょ》する植物は、人間の生死をも掌握する支配者だ。

「生物ってのはね、理由があってそういう形状をしてるんですよ。それが淘汰《とうた》による自然選択かどうかは生物学者に任せるとして、人が色とりどりの花を見て美しいと感じるのも、花の香りを好ましく感じるのも、人類の手で世界に広がって増殖していくための、植物による戦略だって説があるくらいで」

「それはぞくっとしますね……。なんか怖くなってきた」

ほどよく堅さがほぐれてきた茜は、わざとらしく両腕で自身を抱き込んでいる。

店内には人が増え、満席に近い。熱気で渇いた喉を烏龍茶で潤し、周囲のざわめきを遠くに聞いて大樹は言った。

「確かに知性の定義は人それぞれです。でも俺からすると、植物に対して心の存在を意識するのは不思議じゃありません。うちの店に来るお客さんのなかには、花を我が子のように扱う人もいますよ」

声を落とす。

「青葉さんの件、頭ごなしに否定するのは、やめたほうがいいんじゃないでしょうか」

たちまち茜は唇を引き結んだ。

ドリアードでの様子を見、連れ子同士と耳にして、正直、姉妹間に軋轢《あつれき》があるのではないかと危ぶむ部分があった。だが、どうもそうではなさそうだ。茜は心底妹を案じているように見受けられる。だからこそ安請け合いはできないし、他者が安易に踏み込んではならないと思う。

「……草壁さんがそう仰《おっしゃ》るのなら」

「なんだか偉そうにすみません」

理解者然とした大樹の物言いは、裏を返せば自分は何もしないと宣言したも同然だった。しかし茜は悪く受け取らなかったらしい。すぐさま笑顔に変化した。

「いえいえ、草壁さんみたいな詳しい方のお店ならって、かえって安心しました。お話、興味深かったです。あ、追加します？」

テーブルの上の料理類は、綺麗さっぱりなくなっている。

コードレスチャイムを押して店員を待つ間、茜がスマートフォンを取り出した。

「ご迷惑でなければ、番号交換しませんか。バイト中に何かあれば……というわけでもないんですが」

というわけなのだろう。断る理由はなかった。

スマートフォンを操作しながら、大樹はふと考えた。ひょっとすると、あの子がアルバイトを始めたのは――。

○　○　○

その後の話題は無難なもので、青葉の名前は挙がらなかった。送らなくてもいいと固辞されたので茜とは居酒屋前で別れ、あすな町に戻って駐車場に車を入れた大樹は、商店街の表通りを歩いていた。

あすな町銀座商店街の夜は早く、夜九時ともなれば一軒を除いてすべての店舗がシャッターを下ろしている。表通りで唯一、煌々《こうこう》と灯りをともしている赤煉瓦のパナケアにしても、扉のプレートが『CLOSED』に裏返っていた。が、店内に人影が見えた。

「こんばんは」

「あれ？　大樹くん、どしたの」

カウンター内の丸椅子で迎えたマスターは、ばつの悪そうな顔をして煙草の煙を吐き出した。店内に紫煙が漂い消えていく。

「これさ、昼間のマネージャーさんには内緒ね。店のなかで吸うなって怒られるんだよ」

「マネージャーの人って、パートさんじゃなかったでしたっけ」

「僕、店で立場弱いのよ。経営者なのにね……」

くゆらせていた煙草を灰皿でもみ消す。

「それで、大樹くんは」

「ああ、残り物の珈琲ないですか。お金払いますんで」

喉に張りつく食後の脂っこさを珈琲で流したかった。紙コップに入れて持って帰っても構わない。なければ県道沿いのコンビニに立ち寄るつもりでいた。

「僕が飲んでる作り置きでよければあるよ。無料で提供いたします」

「悪いんで払いますよ」

「いいよ。いつも贔屓にしてもらってるサービス」

マスターは手ずから珈琲を淹《い》れてくれた。砂糖を落として口に含むと、ほろ苦さに喉元の脂が剝がれ落ちていった。

「それで、どうしたの」

胃にカフェインを沁《し》み込ませていると、再度の問いが投げかけられた。

「ですから珈琲を」

「じゃなくてさ。寂しそうな顔してるから」

「そうですか?」

頬を触ってみても自分ではわからない。喧騒から急に抜け出たせいだろうか。

懐に手を伸ばす。懐には、茜の電話番号が記録されたスマートフォンがある。嬉しくはない。番号交換をした経緯が経緯なので、用事もなくこちらから連絡はできそうになかった。それを寂しいとは思うまい。

ただ、なんとなく。

今の己の心情を、うまく表現できなかった。

「なんとなく寂しいんだったら、仲間入りかな」

マスターは鷹揚《おうよう》に笑っている。

「仲間って?」

「百合子ちゃんや、和尚さん菅原さんのこと。今日もね、大樹くんが女を車に乗せて出かけたのなんだのって、百合子ちゃんたち大騒ぎだったよ」

「見られたのか……」

大樹は手で額を覆った。間違いなく茶化される。

「いいじゃないの。あの人たちも寂しいんだから、話の種になるぐらい許してあげなよ」

「どこが寂しいんですか。あの人たち、毎日元気潑剌《はつらつ》ですよ」

「寂しいんだよ。なんとなくね。たとえばさ——」

マスターが言いかけて、店の外に目をやった。

ガラス張りの壁越しに見える表通りは静まり返っている。店内には音楽も耳障りな騒音もなく、居酒屋の熱気が遠い昔のように感じられた。

「百合子ちゃん、お父さんが何年か前に倒れちゃったでしょう」

粛然とした空間に低い声が静かに響き、大樹は珈琲カップにふっと息を吹きかけた。

「らしいですね」

姐御が実家のクリーニング店を手伝うようになったのは、父親が病臥《びょうが》して以降だとは聞いていた。入退院を繰り返している姐御の父親は、今も病院の一室で療養している。

「二年前の夏頃だったかな。彼女、お父さんの代わりに働くようになって、趣味のバイク封印してるんだよ。だからなんとなく寂しくて、うちで騒いでるんじゃないのかな」

「あの人、最近まで暴走してたんだ。いい歳こいて何してるの」

「知ってる？　彼女、ここのお店以外でアルコール一切口にしないんだって。百合子ちゃんのお母さんが言ってたよ。飲みにも行かないし遊びにも行かないし、休みの日にはずっと猫抱いてテレビ観てるって」

大樹の知る姐御の人物像と語られる人物像が一致しない。

「彼女にとって、バイクで走るのが拠《よ》り所だったんだと僕は思う」

マスターがそう言った。

鸚鵡《おうむ》返しに訊き返す。

「走るのが拠り所？」

「そう、心の拠り所。人によってそれは家族かもしれないし、友達かもしれない。思春期には恋人がそれになるかもしれないし、仕事や趣味がそうだって人もいる。大げさなものじゃないよ。僕、ゲーム好きでさ。子供の頃に新発売のゲームをクリアしたら、なんとなく寂しくなったのを覚えてる。そういうのだって拠り所と言えるんじゃないのかな」

「マスターってゲームやるんですか。見えませんね」

「なに言ってるの。僕、初代ファミコン世代だよ」

心外そうに口をすぼめ、マスターは冷めた珈琲を飲み干した。空になった珈琲カップをカウンターに置く。

「それがなくても生きていけるけど、なくなると寂しく感じるもの、誰にだってあるんじゃないのかな。大樹くんにもあるよね」

自分にはあるだろうかと胸に手を当ててみても、すぐには思いつかなかった。頭の端に浮かんだものが、形を成す前に霧散してしまう。

マスターはサイフォンに向かい、フラスコから二杯目の珈琲をカップに注いでいる。ブラックのまま珈琲をすすり、息をついて再開した。

「菅原さんにとっては、仕事が拠り所なのかな。あの人も寂しいんだろうね」

「でも菅原さんの店ってまだ」

「かんばしくないみたい。赤字続きで店閉めるかもって話はしてた。結婚して家を出た娘さんが市外に住んでてね、そっちに呼ばれてるらしいよ」

「そうなんだ……」

ジジババはコンセントも入れられないんで面倒見てやらなきゃ、などと近所の各家庭を配達や配線でまわっている姿をよく見かける。店が危ないというのは知らなかった。

「それと和尚さん、息子さんがお寺継ぐ予定だったのがご破算になったって、うちに来るお客さんが噂してた。修行中の息子さん、田舎に帰ってくるの嫌がってるそうだよ」

和尚の息子には幼いときに遊んでもらったことがあり、大樹も多少は人柄を知っていた。和尚に似て、世話好きで闊達《かったつ》な人だったように記憶している。

「じゃあ、和尚さんが引退したら」

「まだ先だよ。和尚さんが健在なうちは。たぶんね」

だが、いずれは本山から派遣されてきた別の人間に代わるのだろう。

町が変わってゆく。仕方ないことだが、やはりそれは少し寂しい。

「ちなみにこれ、オフレコにしとこうか。まあ四、五人のお客さんに聞いたんで、みんな知ってるのかな。あ、僕べらべら喋ってるけど警戒しなくていいよ。言ってもらえれば、秘密は外に漏らさないからさ。これでも口は固いほうなんだ」

冗談めかして言った情報通の店主は、手元の珈琲カップを揺らしている。

「みんな寂しいんだよ。だから現実を忘れたくて騒ぐんだと思う。そういうのって、老いも若きも男も女も、みんな変わらないじゃない。何歳《いくつ》になっても寂しいものは寂しい。拠り所がなくなってしまうとさ」

しばし沈黙が降りた。

大樹は無言で苦味の増した珈琲を飲み下す。胃の腑に苦さが広がっていくようだった。

「それなら、マスターの拠り所は？　今もゲームとか」

「ゲームも悪くはないけど、もういい大人だからねえ。僕はそうだな……」

店内を見渡す。

「僕にとっては、ここが拠り所かな」

意外性はなかった。面白みがないと思えるほどに収まりがいい。

パナケアが開店したのは、七、八年ほど前になる。当時は商店街の没落が顕著になり始めた時期であり、なぜこんなときにと大樹の父も新たな喫茶店を危ぶんでいた。事実、開店してからの滑り出しは閑古鳥《かんこ》が鳴いていて、外から見た限り順調ではなかった。

それが、今もこうして滞りなく営業を続けている。日頃は飄々《ひょうひょう》としているマスターだが、裏では店の存続に奮闘していたに違いない。強い思い入れがあるのだろう。

「ここ、内装からすべて、全部自分で決めたんだよ。そこのドラセナとあっちのモンステラは大樹くんのお店で買ったし、壁にかかってる安物の絵画も僕が買ってきた。そこにあるボースサイドクロックも、電灯の笠もそう、ドリンクケースもだよ」

マスターは店内にある、そこかしこの備品を指さしていく。

「サイフォンも冷蔵庫も、食器類だって自分で選んだ。僕が決めてないのは店の名前ぐらいだよ。名前は家内の発案だから」

「奥さん顔出しませんね。喫茶店を手伝ったりは」

大樹がその左手を見ると、薬指に指輪が嵌《は》められていなかった。視線に気がつき、店主は自嘲とも苦笑ともつかない複雑な表情を作る。

「骨壺《こつつぼ》に入れちゃった。そのほうがいいかなって」

「すいません」

「いやあ、昔の話だから」

気にするなと手のひらを見せたマスターは、懐かしげに頰をゆるめた。

「僕がまだ会社勤めだった頃ね、いつか喫茶店をやろうって二人で計画はしてたんだ。お金もないのに、ああでもないこうでもないって語り合ってさ。家内がいなくなったあと、もういっそ始めちゃおうかって、清水の舞台を飛び降りる覚悟で退職金はたいたよ」

「へえ、喫茶店立ち上げるのは大変だったんじゃ――、おっと」

大樹の発言を遮ったのは、懐の振動と着信音だった。スマートフォンの液晶画面には、『柊茜』と表示が出ている。

マスターに断りを入れて電話に出ると、急《せ》き込むような声が耳に届いた。

「草壁さん？　あたしです柊です。今いいですか」

「ええ、何か」

歓談の続きをしようというのではない。性急な声の調子でわかった。

「あの子、アオちゃん家にまだ帰ってないんです」

目礼でマスターにいとまを告げ、大樹は即座にパナケアを出た。耳にあてがうスマートフォンからは、動揺を孕んだ茜の息遣いが聞こえている。

「待ってても帰ってこないし、スマホも留守電になってて。こんなに遅いの初めてなんです。どうしよ、叱ったのまずかったのかも」

腕時計を確認する。時刻は九時二十分。茜と連れだってドリアードを出た際、バス停に青葉はいなかった。七時十五分の路線バスに乗り遅れどこかで時間を潰していたのだとしても、一時間後の最終バスに乗っていれば、とうに自宅へ着いていなければならない。バスに乗ったあと何かあったか、最初からバスに乗らなかったか、どちらかだ。

「俺、こっちで捜してみます」

といっても、捜すあてがなかった。商店街はすでに閑散としていて、制服の子がいないのはひと目でわかる。商店街を離れると長閑《のどか》な住宅街、残りはひなびた畑と売りに出されている空き地しかない。県道沿いのコンビニを覗いて、ＪＲの駅まで車で流そうか。

「あたしも近くを捜してみます」

「待った」

大樹は歩きながら声で制した。

「入れ違いになるかも。茜さんは家で待ってて」

青葉は幼く見えるが、あれでいて気丈な面もある。姉に少々叱られたからといって、軽率な行動を取るとは思えない。まだ宵の口だ。友達の家にでも転がり込んでおり、こうしている間にも、案外ひょっこり帰ってくるのではないか。

「なら警察に連絡してみます。こういうのって、一一〇番でいいんですか」

楽観視する大樹に反し、電話越しの声は明らかに焦燥している。

「そこまでしなくても」

商店街のアーチを抜け、夜に沈む闇路をあらためて見ると迷いが生じた。額にねっとりとした汗が浮き出る。

本人の意思ならばいずれ帰宅する。だが、本人の意思ではないのなら。

青葉の幼い容姿が仇《あだ》になることだってあるのでは。

森覚寺のほうに行けば針葉樹林が広がり、夜間はほとんど人通りがなくなる。大人の男に力ずくで茂みに連れ込まれては、小さな体でまともに抵抗できようはずもなく、悲鳴をあげても遠い民家まで届かない。

どうする。やはり警察に。

と焦りを覚えたところで、視界に入った光景に大樹の膝がかくりと折れた。茜の焦燥に流されつつあった胸を撫で下ろす。

「見つけました。青葉さん、バス停にいました。最終に乗れなかったみたいですね」

なんのことはない。バス停標識脇の木製ベンチだ。小学生みたいな子がぽつんと座っている。大方、帰りづらくて道草するうちに、最終バスを逃してしまったのだろう。

「よかった……」

電話の向こう側から、安堵する気配が伝わってくる。

「申し訳ありません、一人で取り乱してしまって。迎えに行きますので」

「足ないでしょう。車で送りますよ」

「そこまでご迷惑は。タクシーに乗せてください。もう本当にご迷惑を」

虚空に向け平謝りしている茜の姿が頭に浮かび、大樹はひそかに笑ってスマートフォンを懐に収めた。

バス停標識に近づく。

「何してるの」

空を見上げていた青葉はこちらに一瞥をくれ、表情なく目を戻した。大樹が隣に腰掛けると、一拍置いて声が返った。

「星、見てました」

頭上に広がる春の夜空は、満天の星とはいかなかった。街の灯りに邪魔される稲宮よりはましだろうが、あすな町でも慎ましやかで、真珠星がわずかに瞬いている。

「もうバスないよ」

返事はない。

「帰りづらい？」

それでも青葉は黙したまま、空の星々を見続けている。大樹は彼女に倣って瞬く真珠星を目にしながら、内心にあった推測を口にした。

「うちの店でバイト始めたのって、俺が聴こえる人だと思ったから？」

四月の頭、ラベンダーの種をあげたとき、花には心があると教えたのを覚えている。記憶を手繰れば、青葉の目の前で幾度となく花に声をかけもしていた。だからこの子は勘違いをしたのではないか。そう考えていた。

「姉さんに？」

短い問いの意味はわかった。けれども大樹はそれに答えず、頭のなかでマスターの言葉を反芻《はんすう》した。

——そういうのって、老いも若きも男も女も、みんな変わらないじゃない。

この子には、拠り所があるのだろうか。

ほかに縁者がいるか仔細《しさい》は知らないが、茜の口振りでは、家族と呼べるのは血の繋がらない父親と姉のみに聞こえた。血の繋がらない家族との生活。寄る辺のない生活。想像ができない。姉について引っ越したということは、少なくとも慕ってはいるはずだ。その姉にも信じてもらえない。誰にも信じてもらえない。この子は、どんな想いで母親の眠る墓石に足を運んでいたのだろう。

幾重にも折り重なった思索の果てに、大樹は夜空の下で諳《そら》んじた。

「植物全般における情動の蓋然性と思考回路の解明」

不可解そうな少女の目を確かめ、空を見上げる。

「昔、大学のとき、そういう研究をしようとしてた。考えてた論文のタイトル」

青葉が目を丸くした。

「信じるんですか？」

「いや、信じられない」

植物の声が聴こえるなどあり得ない。ましてや植物に心が存在するなどあるわけがない。だが、完全に否定したくはなかった。だから茜には、あんな半端な形で自分は関わらないと宣言した。相反する不確かな気持ちが、胸の内にうごめいていた。

「でも――」

情にほだされたわけではない。青葉を前にすると、なぜかするりと口からこぼれた。

「信じたい。それに、面白いと思う」

「面白い？」

「ああ、面白い。興味がある。嘘だとは思ってないよ。植物の声が聴こえたって別にいいじゃないか」

その瞬間、鈍色《にびいろ》だった少女の双眸が熱を帯びたように見えた。定まらなかった目線が明確に焦点を結び、大樹を映す吸い込まれそうな瞳の奥に、極彩色が輝いている。

「で、柊さんに訊きたいんだけど」

「アオでいい」

「ん？」

「アオ。姉さんもお父さんも、親しい人みんなアオって呼ぶ」

青葉の口調がころりと変わっていた。薄い唇がささやかに笑みを湛えている。

この子が笑っているところを初めて見た気がした。歳相応の初々しい笑顔だった。

「テンチョーなら、アオって呼び捨てにしても許してあげる」

「許すのかよ。というかテンチョーやめて。俺、店長じゃないし」

「だってお店、全員、草壁さん」

呼び方に困っていたのか。

「名前でいいでしょう。大樹さんで」

「うん、わかった。大樹くん」

「くん付けなんだ……」

つい数分前まで寂しそうにしていた少女は、満足げに両手をベンチにつけて星空を見上げている。心なしか、星の煌《きら》めきが増したように感じた。

「それでさ、聴こえるってのは、音として声が聴こえるんじゃなくて、たぶん頭のなかに響くというか、浮かぶんじゃない？」

大樹が言うと、珍奇なものでも見たように青葉は目を見張った。

「なんでわかったの？　そうだけど」

「じゃ、こいつの声は聴こえる？」

座っている木製ベンチを手で叩く。

「このベンチ、町や市が置いたものじゃないんだよ。誰かが夜中にこっそり置いてるんだ。こいつも木には違いないから、誰が置いてるのか声が聴こえたりは」

「そういうのは聴こえない。生きた植物でないと」

「だろうな」

植物の生と死の境界線は曖昧模糊《もこ》たるものがあり、切断された木材や小枝に対して生を感じる者は少ないが、樹木から切り離した穂木を接ぎ木や挿し木にしてやれば、ほとんどの者が生きていると認識する。青葉はそこに生命を実感できるか否かで判断を分けているのだ。

かつてネイティブ・アメリカンは、植物と心を通わせ会話ができたという。

生物の形状には必ず理由があり、古くからの言い伝えにも必ず根源がある。怪しげな迷信にだって源流があるはずで、作り話とするのはあまりにも安直だ。すべてのネイティブ・アメリカンが青葉と同類とまでは言わないが、なかには類似した感覚を持った者がいたのでは、と大樹は仮説を立てていた。つまり、幻聴、イマジナリーフレンドではなく、青葉には何かしらの特異な才能があるのではないか、と。

他人に聞かせれば鼻で笑われる憶説にすぎないが、ここ一ヶ月の青葉の言動、行動を顧みれば一考の価値はある。とするより説明がつかない。例を挙げると。

「お姉さんが初めて店に来た日、あれって、花束を作っていて声が聴こえた？」

こくりと青葉が頷く。

「あのときはちらっと頭に浮かんで、花に触って詳しく訊いたら、姉さんぽい人がお墓参りに来て、またお店に寄るって」

「お墓参りに行くっていうのは、前もって聞いてたんじゃない？」

「近々行くかもとは言ってた」

この子は記憶力が高く、店にある五十種類以上の花の名を一日で記憶した。加えて、経験もないのにいとも容易《たやす》く花束を作成する。あれは、カタログを眺めた記憶から再現されたものではないだろうか。その優れた記憶力によって、姉の来店という答えを無意識下で導き出した可能性を大樹は考えていた。数桁の四則演算を瞬時に解く暗算の得意な者が、数字の羅列を見て「頭に浮かぶ」と語るのに近い。

　青葉は店内にある切り花の本数を写真のように記憶していて、墓花によく使われる金盞花や小菊、女親向けのカーネーションが減っていた事実から、「親の墓参り客が来た」と無意識下で洞察し、いくつかの記憶を重ね合わせ、〝植物の声〟として脳内で変換した。とするなら、常識に即していてもっともらしい。

　ただし、現実的な観点に立てば、である。これでは足りない。非現実的な側面も考慮する必要がある。大樹はさらに訊ねた。

「偽畑のときは、長実雛芥子の声が聴こえたのか」

「枯れそうな植物があるって教えてくれた。あそこの作物は毎年枯れて捨てられるって」

　青葉は悲しげに眉尻を下げる。

「捨てられるのはいいの。野菜を食べるのもなんとも思わない。でも、植物が納得できずに枯れるときは、うんと苦しむから」

「どういうこと。具体的には」

「まんまだよ。寿命で普通に枯れる植物は苦しまないけど、わざと世話をしなかったり、わざと傷つけられたりした植物は、呻《うめ》いて苦しみながら枯れていくの。可哀想だから、そういう声は聴きたくない」

　感受性が強い――、のだろうか。

「町中の雑草でも声が聴こえる、とか」

「体が小さすぎる植物の声は聞き取れない。普段は意識しないようにしてるんだけど、気を抜くと道端の木とか、小さな雑草でも集まって花をつける子の声は頭に入ってくる。あとね、あそこの畑のなかに困ってる子がいる」

「困ってるって、ほうれん草がか」

「根っこがうまく伸ばせないみたいに言ってた。あの畑のほうれん草、枯れる前に引き取ったらダメかな。可哀想」

「地主と知り合いでもないからなぁ」

捨てられる作物とはいえ、畑泥棒をするわけにはいかず手出しできない。

しかし、そこまで細かく聴こえるとは予想外だ。難儀しないのだろうか。

「柊さんさ」

「アオ」

「アオはさ、それ、治したい？」

「わかんない」

困り顔で応じた青葉は、膝の上で組み重ねられた両手に目を落とした。

「便利なときもあるし、うるさいときもある。頭が変なのかもって、自分でも思うこともあるし。もしも、ほかにわたしと同じ人がいたら、安心できるかなって」

そこで言葉を切って、下から覗き込んでくる。

「大樹くんは……違うんだよね？」

「残念ながら」

と肩をすくめて気づく。

「要するに、やたら冷たい態度だったのは」

「大樹くんもそうなのかもって疑ってて、接し方がわからなかった。ごめん」

青葉は申し訳なさそうにしている。

「いいよ。てっきり小学生扱いしたのを怒ってるのかと」

「それはイラッとした」

この子に「小学生みたい」「ちっちゃい」は禁句にしておこう。

「けどまあ、俺がそうじゃなくてもさ、できればバイトは辞めて欲しくない」

「わたしも辞めたくない。だって――」

遠目にあるドリアードを青葉が見据える。少女は澄みきった眼差しで、ゆったりと穏やかに言った。

「あの場所は、すごく静かで優しいから」

「静か？」

「森のなかにいるみたいで好き。あのお店にいる子はね、森のなかで眠ってる植物みたいに、みんな静かで安らいでるの。萎れて枯れそうな子も苦しんだりしない。大樹くんや、小父さん小母《おば》さんが大切に扱ってるのがよくわかる」

姉は騒がしい場所が好きで、妹は静かな場所が好き。好対照だった。褒められてはいるらしい。若干照れて大樹は頬を掻いた。

「特別に大切にしてるつもりでもないというか、いちおう商品なんで」

「でもね」

猫の目のようにくるりと表情を切り替え、青葉が含み笑いをした。

「大樹くん、花に向かって独りでぶつぶつ言ってる姿、危ない人っぽいよ?」

「なんだと」

青葉は体を揺すって笑っている。

本来は明るい子なのだ。小馬鹿にされている気がしないでもないが。

「黙れ、笑うな。よし、じゃあ俺の仮説を話そう。聞いたら謝りたくなるぞ」

ここからは得意分野だ。

「植物は揮発性化合物を出すんだよ。端的に言うと匂いのメッセージ、植物による言語だ。たとえばトマトは危険が差し迫るとずっと先、数百メートル先に届くほどの大量の有機ガス、ＢＶＯＣってのを放出する」

「びーぶい?」

「まあ聞きなさい。調子が悪いときはジャスモン酸メチルって化合物だとか、状態によってさまざまなBVOCを放出する。メッセージの種類はわずかで詳細はわかってないんだけど、アオはそういう揮発性化合物の微妙な変化を、肌で感じ取れる才能があるのかもしれない」

こちらは、非現実的な観点だった。

「小難しくて、わけわかんない」

「仮説だよ。そうかもってだけ。だから明日、ちょっと付き合ってくれないかな」

「どうするの?」

「検証してみよう」

情報は集めた。構築して、二通り仮説を立てた。あとは——

久しぶりに心が弾んだ。きっとこれは、童心というものなのだろう。

○　○　○

翌日はドリアードの定休日。大樹はJR新稲宮駅のロータリー脇に商用車を停車させ、行き交う通行人を眺めていた。

待ち合わせの時間にはまだ早い。暇をもてあまして両腕と顎をハンドルに乗せ、フロントガラスの先にある数本の緑樹に目を向けた。五月初旬の爽やかな風に、街路樹の葉がさわさわと揺れている。

三十分ほど待っていると、駅構内から吐き出される人混みに、ひときわ小柄な女の子が紛れているのを見つけた。制服姿の女の子もこちらを見つけ、駆け寄ってくる。

「この車なの？」

ワンボックス車のドアを開けるなり、青葉は眉根を寄せて不平を鳴らした。

「この車だよ。いいから乗んなさい」

「お店休みなのに」

唇を尖らせながら青葉が乗り込む。彼女がシートベルトを締めるのを待ち、ゆっくりと車を発進させた。

「姉さんは可愛い車に乗ったらしいけど」

ロータリーをあとにしても、青葉は不平を垂れている。

「可愛い車だろ」

「ちっがう。可愛い軽自動車、お店の車じゃなくて。差別だ」

「あれは俺の車じゃないんだよ。今日は親父が通院に使ってるから」

交差点に差しかかり、信号待ちの合間に青葉へ顔を向ける。

「昨日あれから、お姉さんに叱られなかった？」

「別に。自慢話はされた。植物には知性があるって、鼻高々で薀蓄《うんちく》語ってた。あれ教えたの大樹くんでしょ」

「面白い話だったろ」

信号が切り替わり、アクセルを踏んで左折する。

青葉は鼻を鳴らした。

「それで、今日どこ行くの」

「すぐ着くよ」

建造物の多い稲宮中心部を離れると、視界が徐々に開けてきた。経路案内の青看板を抜け、何本もの車線が延びる幹線道路を北上していく。

「着く前にさ、いい機会なんでアオに訊いとこうかな」

「何を」

咳払いをする。

「茜さん、彼氏いるの？」

助手席の青葉はいったん黙り、平然と言った。

「たくさんいる」

「いや、たくさんはマズいだろ……」

そうこうするうちに、ワンボックス車は片側二車線の県道に入っていた。まだ陽は高いが交通量はごく少ない。背の高い雑草が生い茂る空き地と掘っ立て小屋を通り過ぎ、ほどなくして歩道橋が見えてきた。目的地だ。

「ここで何するの」

路肩に停めた車から降り、青葉が怪訝《けげん》そうにしている。

現場は中央分離帯のない県道、見通しがいい直線道路。大樹は顎をしゃくって、車道を横断する白線の縞模様を示した。

「数日前の晩、この場所で事故があったんだ。繁じいって、アオ知ってるかな。その爺さんが轢き逃げに遭ったんだよ」

気になるのは、墓参りに茜が来店した際、青葉が姉の再来店まで口にしていたことだ。盗聴でもしなければ知りうるはずがないのにもかかわらず、である。そこまで事細かに声が聴こえるのなら、轢き逃げ犯の車も目星がつくのではと考えた。期待はしていない。消去法だ。できなければ、別の検証方法を用意するまでだった。

「そのお爺さんと大樹くん、親しいの？」

「親しくはないな。どちらかというと好きじゃない。だけど、いくらなんでもさ」

事故を嘲笑《あざわら》うつもりは毛頭ない。和尚に聞き及んだ老人の歴史が耳に残り、少なからず憐憫を覚えていた。犯人を見つければ何かが変わるわけでもなかろうが、繁じいが泣き寝入りをしなくて済むのに越したことはない。

「どうかな。近くの植物から声が聴こえたりしない？」

件《くだん》の事故を説明してみたが、青葉は思案顔で唇を曲げている。

「事故が夜なら難しいかも。夜は寝てる子が多い」

「そりゃまた細かいな……」

彼女の言ったとおり、植物にも動物と同様に二十四時間周期の概日リズムがある。オキザリスは夜になると花を閉じて葉を折り畳み、クローバーは花を葉で包んで夜を過ごすのが知られている。植物の概日運動は、動物の就眠と類似している点がいくつかあった。

大樹は沿道に視線を這《は》わせた。ほど近くに街路樹の欅《けやき》がある。植樹帯内に収まらず、歩道のアスファルトを根が持ち上げている老齢とおぼしき欅だった。

「これはどうだ。植物ってのはね、人間みたいに歳とると睡眠時間が短くなるんだよ」

欅の幹を大樹が叩くと、青葉も歩み寄ってきた。

「この子は何も言ってないけど、訊いてみる」

「どうやって」

「手で触って。触って心のなかで訊くと、知りたいこと教えてくれる子もいる」

数歩下がり、無表情に手を伸ばす青葉を見守る。

その手が欅に触れ、大樹は目を細めた。

青葉の体から立ち昇る燐光《りんこう》を幻視する。たゆたう燐光は彼女の体を伝い、木漏れ日と重なって欅に触れる手の先に集束していく。

息を呑み、目をしばたたいた。

空を仰ぐ。

頭上には光を降り注ぐ太陽がある。

――光の加減だ。

目を戻すと、燐光は消失していた。青葉が肩越しに振り返る。

「この子、知ってる」

「え、ホントに？」

勢い込んだ大樹に、真剣な面持ちで青葉が頷く。

「えっとね、こっちから」

県道の歩道橋方向を示した指は、車道に沿って稲宮方面へと弧を描く。

「あっちにぴゅーって。それでお爺さんが転んだ。赤色だった」

「いや待て」

少ない語彙《ごい》から表現された事故のあらましは、とてもではないが理解不能だった。

「どういうこと。それ、視《み》えたの？ 映像が？」

「わたしが視えるわけないでしょ。この欅が見たの」

青葉は両手を腰に当てて尊大にしている。

額に手のひらを押しつけ、大樹は沈思黙考した。

たとえば――あくまで、たとえばだ。二十世紀中盤、オーストリアの某植物学者は、植物の表皮細胞はレンズの役割を果たしているとの仮説を提唱した。無論、実験で証明された事実ではありはしないが、人間が角膜と水晶体で景色を捉え構築するように、植物は表皮細胞のレンズで物体を知覚すると説いている。

大樹は唸《うな》って顔を上げた。

「アオ、ひとつひとつ教えて。まず、ぴゅーってなんだよ」

「あのね、わたしが聴こえるのはイメージだけ。この欅が見たものは、わたしにもわからない。そういうイメージの声が頭のなかに入ってきたの。ぴゅーってこっちからあっちに走っていった。それが車なのかもわかんない」

どうにも要領を得ない。言わんとするところは理解できなくもないが、ずいぶんとあやふやだ。県道を稲宮方向へ車が一直線に走り去った、としていいのだろうか。

「それじゃ、赤っていうのは」

「あれじゃないのかな」

青葉は歩道の信号機を指さした。

「上の歩道橋にも信号ついてるけど、低い場所みたいだからたぶん。植物はみんな赤と青色に敏感」

成長に使う光の色か。

植物は赤い光で夜の長さを測定し、青い光によって屈曲する方向を判断している。光の波長を区別しているのだ。植物の生態に準じていて、いちいち細やかだった。

「とすると、歩道の信号赤だったのかよ。信号無視したのは繁じぃ？」

「わたしに訊かれても」

「まあそうだな」

それにしても。

予想を遥かに超えていた。記憶を脳内で重ね合わせ、答えを植物の声に変換して導き出しているとの説は危うくなった。青葉が実際に事故を目にした可能性はなきにしもあらずだが、そんな偶然を疑っていてはきりがない。鳩のように首を傾いでいる少女にも、嘘をついている様子は微塵《みじん》もなかった。

非現実的だからと頭の隅に追いやっていた、揮発性化合物を肌で感じ取れる、という説も敷衍《ふえん》して解釈しなければならない。植物の状態どころか、青葉は記憶を読み取っている。いや、彼女によれば正しくは、植物と意思の疎通をして記憶を教えてもらっている。

植物の記憶。オジギソウは刺激の種類を学習し、ハエトリグサは原始的な短期記憶能力を持つとされている。越冬を覚えている苗木もあれば、別々の環境で育った同一遺伝子の挿し穂を植えてみると、産地によって異なる遺伝子反応を見せたという外国の論文も読んだことがあった。

植物は経験して記憶する。脳に情報を蓄積するヒトとはまた違う形式ではあるが、植物が記憶能力を有しているのは明白だ。そこまでは把握できるが……。周囲の出来事、映像を記憶するなど、にわかには信じられない。

「どうなってんだ」

頭を抱えるしかなかった。

「そう言われても困る」

青葉も困惑している。

「いいや、ひとまず置いとこう。事故をもっと詳しく知りたい。車は稲宮方面に走り去ったんだよな。信号無視したのが繋じいで、一直線ってのは、その車、避けもせずにブレーキも踏まなかったのか」

「んもう、だからわかんないって。とにかく真っ直ぐ」

「真っ直ぐねえ……」

路面に目を凝らしてみても、ブレーキ痕の有無を目視できようはずがなかった。警察が鑑識を入れて摑んでいるのかもしれないが、訊いて教えてくれるものではない。

目撃情報を募る看板は見当たらない。小さな事故だ。まともに捜査されているかすら怪しかった。ぴゅー、という語感から推し量れば、避けず、ブレーキを踏まず、と考えるべきなのか。

「車の色は覚えてない？」

「訊いてみる」

再度、青葉は欅に手を触れる。燐光は見えない。

縁石に隔てられた横の車道を、低速の軽トラックが通り過ぎていった。

「聴こえた」

すぐ回答があった。

「大きくて、いっぱい色があったみたい。あと、七、五、二……」

「なんだそれ。カラフルな車？　その数字はなんだよ」

「確実じゃないけど、数字のイメージを教えてくれた。光ってる数字」

「光ってる？」

光っている数字。大きくてカラフルな車。

そして、ブレーキを踏んでいない。

車道側の信号が青だったとはいえ、通常、歩行者は保護される立場にある。信号無視をした繋じいに非はあるが、かすった程度でもれっきとした人身事故であり、逃げたとなれば紛うかたなき犯罪だ。問題は、なぜその車が見通しのいい直線でブレーキを踏まなかったのか、事故処理をすれば罪にならないのになぜ逃げたのか、ということである。

飲酒運転とも考えられるが。

「ひょっとして……」

どうやら、きな臭くなってきた。

「アオ、悪いんだけど、もう少し付き合ってくれ」

果たして本当に青葉が植物の声を聴いているのか、大樹はいまだ半信半疑だった。けれど、おそらくこれで判明する。轢き逃げ犯も含めて。

ワンボックス車に乗り込み、商店街方向に県道を走る。商店街に通ずる交差点は曲がらず、そのまま直進を続けた。

「今度はどこへ」

疲れたのか、助手席に浅く座る青葉が欠伸交じりに訊いてくる。

「あっという間に着くから」

「こっち、お墓のほう」

「お寺に行くんじゃないよ」

直進して途中の枝道を行けば、防風林と森覚寺に繋がっている。だが、目的の場所はその手前にあった。だだっ広い造成地と売地の横を抜け、ビニールハウスが居並ぶ畑を越えると、やがて広い駐車場が見えてきた。

「コンビニ？　なんか買うの？　わたしポテト食べたい」

「買わない」

ウインカーを出して右折する。大樹は駐車場に車を停めて外に出ると、コンビニ店舗に吸い込まれそうになっている青葉を手招きで呼び寄せた。

「当日、事故が起きる前に、ここでトラブルがあったんだよ。さっき言った繁じいが一方的に若いやつを罵ってた。結構な剣幕だったんで、そこの躑躅が覚えてないかな」

夕暮れには早いが、春の陽は傾き始めている。弱々しい太陽の光で伸びた影法師を追うように、青葉が駐車場四囲にある疎らな躑躅に近づいていく。

「元気ないね。この子たち、喋る気力ない」

「育成状態で反応が分かれるのか」

「しょんぼりしてる子は何も教えてくれない。枯れそうな子も苦しそうにしてて、まともに会話できないの」

思惑どおりにはいかなかった。手当たり次第というわけでもないようだ。

駐車場内には、ほかに使えそうな植物が見当たらない。大樹が次策を出そうとしたところで、青葉が首《こうべ》を廻《めぐ》らして声をあげた。

「あそこ、何か言ってる」

躑躅が途切れた箇所に足を運ぶ。屈み込んだ青葉が指で撫でたのは、群生している蓮華草だった。

「ここ臭いから離れたいって」

「何が臭いの」

「たぶん、車の排気ガス。残念がってる。ほかの子と一緒に連れていってもらいたかったらしいね。お爺さんに、だと思う」

「すごいな」

驚くのを通り越して感嘆した。現に繁じいは蓮華草を摘んでいた。おそろしく的確だ。今回は彼女にまったく情報を与えていない。

大樹とて、植物に心があるとは思わない。依然として植物の声の原理は判断しかねるが、青葉がなんらかの方法で情報を得ているのに疑う余地はなかった。

「変な匂いがした日でいいの？　ぽわっとした匂い。お酒なのかな」

「それだ。酒瓶を踏み割った車があるんだよ。車の光ってる数字を知りたい」

すると青葉は瞼《まぶた》を下ろし、「七、五、二……」と呟いて大樹を振り仰いだ。

「数字がなんなのかは知らない」

「車番だよ、車のナンバー」

先に事故現場で聞いた数字と合致する。

確証はないが、大筋は間違っていないはず。

光っている数字とは光字式ナンバーで、青葉の言う「いっぱい色があった」とは、カラフルではなく、光のすべての波長が均等に乱反射した状態。つまり、白だ。そして避けずにブレーキを踏まなかったのなら、怨恨の線が浮上する。

「轢き逃げの車は、繁じいを怖がらせようとして、わざとやったんだ」

別の言い方をすれば、嫌がらせだ。

「ここで罵られてた若い男の車、白い車体で大型のＳＵＶ」

「警察に通報する？」

被害者は手首の捻挫で大怪我には至っていない。故意にせよ、加害者側も当てるつもりまではなかったのだろう。なるべく穏便に済ませたい。

大樹はスマートフォンを操作して電話帳を立ち上げ、クリーニング店に電話をかけた。今の時間なら営業中で、携帯番号にはかけられない。三コールで繋がった。

「はい、萩生田クリーニングです」

好都合にも姐御が電話番をしていてくれた。

「姐御？　草壁です」

「おお大樹か。珍しいな、なんか用か」

「うちの店でバイトしてる子が、繁じいの事故を見たそうなんだけど」

単刀直入に切り込み、車のナンバーを伝えた。

「はあ」

姐御は呆れた色を声に刻んだ。

「アタシにどうしろっての。警察行けよ」

「それ、梅川さんのところの、杏平くんが乗ってたSUV車じゃないかと思うんだ。特徴が一致してる。実家に連絡するのもあれだし、姐御から彼に確かめられないかな」

「んなあほな、そんなわけないだろ。杏平は気の弱いやつなんだよ。おまえも見たろ、あの日だってコンビニで」

そこで音声が途絶えた。

「あれ、もしもし」

接続が悪いのかと呼びかけたが、電話越しに呼吸音は小さく聞こえていた。

姐御も思い当たったようで、考え込んでいる。

いくら気が弱いといっても、轢き逃げ事故はコンビニで杏平が罵られてから、さして時間を経ていないのだ。彼が疑わしいのは間違いあるまい。

声を抑えた姐御の返事があったのは、大樹がもう一度呼びかけようとしたときだった。

「悪い。あとでかけ直す」

ぷつり、と通話が切れる。

「ねえ」

大樹が懐にスマートフォンを収めると、袖を青葉がくいと引っ張ってきた。

「わたしが証言するの？　嘘つくのやだよ。ほんとは見てないのに」

「どうなるかわからん。いいだろ、ポテト買ってやるから」

「ポテトじゃ割に合わない」

にんまり笑って青葉が言う。

「高級レストランでご馳走《ちそう》してくれるならいい。今から」

「厚かましいな、おい」

コンビニ店舗を出入りする利用客に流し見されるなか、稲宮のレストランで、いや近場の牛丼屋でと堂々巡りの交渉を重ねる。不承不承、安価なファミレスで注文は二点までとの結論に達した。

「あんまり食うなよ」

と念を押して、ワンボックス車に戻りかけた大樹の懐が震えた。

早い。姐御からだった。

「電話で吐かせた。すまん、あの馬鹿だ。警察は待ってくれ、こっちで出頭させる。バイトの子によろしく言っといて」

スマートフォンを耳に押し当てたまま振り返る。

功労者の少女はご機嫌よろしく鼻歌を口ずさみ、花の絵柄が描かれた商用車に乗り込もうとしていた。

〈4〉お化けヒノキ

顚末《てんまつ》を先に述べれば、轢き逃げ事故は示談なるもので終結していた。梅川杏平にとって幸運だったのは、繁じいが警察に診断書を提出する直前で、人身事故として処理されていなかったことである。姐御に連れられて杏平が土下座すると、繁じいはすんなり思いとどまってくれたという。かの老人がそれで許してくれるとは、甚《はなは》だ意外ではあった。

ともあれ、穏便に事が運んだのは喜ぶべきことだ。青葉もつつがなくアルバイトを続けている。ただ、少々ふてぶてしくなった。轢き逃げ犯が判明して三日後の日曜日、夜間に竹治が早めに上がるや否や、青葉は商談用のテーブルに腰を落ち着け、生花店業界向けの雑誌をぺらぺらと流し読み始めた。

「アオ、まだ仕事中」

「いいでしょ、お客さんいない」

働くには働くが、大樹の父や母が店にいなくなると、隙を見て手を抜くようになった。気を許してくれたと思えば腹も立たないが、姉のほうは立腹していた。

「ちょっとアオちゃん、お給料もらってるんだよ？」

　小さな失踪騒ぎ以来、茜は毎日迎えに訪れている。店を閉める一時間ほど前に来店し、アルバイトが終わると姉妹で稲宮に帰っていく。仲睦《むつ》まじくはない。妹はあからさまに鬱陶しがっている。

「それになあに、草壁さんに向かってその口の利き方。失礼でしょう」

「いいのっ。姉さん、うるさい。そこのデイジーもうるさいって言ってる」

「またそんなこと。花が喋るわけないでしょ」

「アオ」

　姉妹の諍《いさか》いに、大樹は語気を強くして止めに入った。

　青葉からすれば軽い冗談のつもりでも、植物の声に関して約束事があった。先日の轢き逃げ事故の調査後、ともに食事をした際に交わした約束だ。決して他人に明かしてはならない。茜の前でも口にしない。言い含めたときは青葉もひどく神妙にしていたので、姉に心配をかけまいとする気持ちはあるのだろう。

　声の正体については匙《さじ》を投げた。植物学の知識で解明などできるわけがない。意識しなければ聴こえないという話なので、上手に付き合っていけばいいのではと考えている。

「お客さんいないのに」

　青葉は椅子を後ろに引き、投げやりに立ち上がった。

夕方までは忙しい日曜日も、夜になると客足が減って暇になる。青葉が不服そうにするのも無理はなく、残してあった雑事をすべて処理した大樹にしても、客が来なければやることがない。妹に小言をぶつける茜と、しれっとした顔で受け流す青葉を眺めつつ、大樹は肩を揉みほぐしていた。

「邪魔するぞ」

弛緩しきった日曜夜の空気に割り込んだのは、しゃがれた声だった。

入ってきた繁じいは、無遠慮に店内を見まわしている。ドリアードでこの老人が購入するものはひとつしかない。

「除草剤？　用意するよ」

「もらうが、その前に、だ」

声をかけた大樹に繁じいは背を向け、商談用のテーブルに近づいていく。

「どっちだ、大きいほうか。ああ、エプロンつけてる子か」

繁じいは茜から視線を移し、青葉をじっと見つめる。

数秒間だが、やけに長く感じた。

「やるよ」

繁じいは左手を差し出した。包装された数粒の飴玉を青葉に握らせ、踵を返す。

「おい花屋の倅、除草剤」

「あ、はいはい」

レジ台で除草剤の代金を支払うと、繁じいは瞬く間に去っていった。

どこか雰囲気が緊迫していた。茜がほうっと息を吐く。

「びっくりした。草壁さん、今の人は」

「例の被害者。交通事故の」

茜にも事故を青葉が目撃したと教えてある。

繁じいなりの礼だったのだ。感謝の印を受け取った青葉は、手のひらで飴玉を転がして見入っている。フルーツ味ののど飴だった。

これで事故の件は余さず落着したと思っていた。

だが、終わっていなかった。

繁じいが店を出て数分後、栗色の癖毛頭をした男が飛び込んできた。

「突然すんません、バイトの子いますか。事故見た子」

明るい色のシャツにジャケットという出で立ちの梅川杏平は、口調とは裏腹に険《けわ》しい顔を青葉に向ける。

「その子か！」

ただならぬ彼の形相で察したのか、青葉は逃げるようにして大樹の背に隠れた。

盾にされた大樹もすわ告発の仕返しかと身構えたが、杏平は額にうっすら汗を滲ませ、白々しい作り笑いを頬に浮かせる。

「怖がらないで。確認したいだけなんだよ」

「えっと、どちら様ですか。妹に何か」

ためらいがちに訊く茜。青葉は半分顔を覗かせている。


どうにも妙な塩梅《あんばい》である。パナケアの四人席で、大樹は轢き逃げ犯たる杏平と顔を突き合わせて座っていた。大樹の隣では青葉がチーズケーキを口に運び、真横のカウンター席で紅茶をすする茜は、絶え間なくちら見して動静をうかがっている。大樹たち以外にも、休日最後の時間を過ごす数組の客で店内はそこそこ賑わっていた。

「じゃんじゃん食べてください。払いはオレが持ちますんで」

愛想笑いの杏平は、しきりと癖のある髪を撫でつけている。

「謝罪も兼ねてるんスから、どうぞどうぞ。草壁さんも好きなもん注文してもらって」

「いえ、結構」

大樹はすげなく断った。

「そんな目で見ないでくださいよ……」

人は魔が差す生き物だ。轢き逃げ犯だったとしても、彼の人間性をあげつらい、弾劾する気はさらさらない。大樹が向けているのは懐疑の目だった。状況証拠では故意にやったとしか断じられないが、相手は頑《かたく》なに否定している。

「まいったなぁ」

杏平は座席で小さくなっていた。

ややこしい話だと言うので一時間ほど待たせ、店のシャッターを下ろしたあとパナケアに場所を変えたのだが、彼はなかなか本題に入ろうとしない。杏平は忙《せわ》しなく体を動かし、おもねるように迂遠《うえん》な弁明を続けている。

「あのね、まじに違うんですよ。事故はわざとじゃなくてですね」

「それはもうわかったよ。確認したいっていうのは」

「これ、外に漏らしたくないんで。雇い主の草壁さんが同席するのはいいとして」

杏平がカウンター席に視線を送り、聞き耳を立てていた茜は小さく身じろぎした。

「あたしはその子の保護者ですよ。関係者です」

未成年なので保護者ではないだろうが、茜がそう言い切ると、杏平は並ぶ顔ぶれを順に見やってから声をひそめた。膝の上で強く拳を握っている。

「皆さん、口は固いですか。まかり間違って姐《あね》さんの耳に入ったら」

彼は姐御を「姐さん」と呼ぶ。

「オレ殺されます。絶対、頼みますよ」

平日の夜はパナケアで騒ぐ姐御や菅原も、客の多い日曜夜には気を使っているのか現れない。しかし大樹は念のため、カウンターの向こう側に要請しておいた。

「マスター、オフレコで。もし姐御が来たら合図を」

意を汲《く》んだ店主が親指と人差し指で輪を作り――

そうして、ようやく杏平は語り始めた。

「あの日はオレ、妹を連れて稲宮の不動産屋まわってたんです。手伝ってもらった姐さんとは稲宮で別れて、オレはビジネスホテルに泊まる予定だったんですけど、里帰りの妹を実家に送り届けなきゃならなくて。その実家に向かう道中で、妹がパワースポットに行きたいって駄々をこねだしまして」

「パワースポット」

近頃どこかで耳にした語句だった。

「森覚寺のお化けヒノキ」

大樹の閃《ひらめ》きに任せた発言を、杏平はかぶりを縦に振って肯定した。

「なんかかね、森覚寺の和尚さんがブログやってるらしいんですよ。そこに霊樹だって解説が載ってるそうで。オレが住んでたときは霊樹なんて大層なもんじゃなくて、お化けヒノキだったのに」

「今でもお化けヒノキだよ。それ、和尚さんの虚飾情報」

「ですよねえ。あの人、昔っからいい加減だなぁ」

杏平も和尚の性格を心得ているようだ。

「んでもまあ、妹が見たいって言うから。里帰りってもゴールデンウィーク終わっちゃってるから大学あるし、妹、翌日には帰らなきゃいけないんで、その日のうちに連れていってやろうとしたんです」

森覚寺に行こうとした杏平と妹だったが、立ち寄ったコンビニで繁じいと遭遇し、いざこざがあった。ここまではいい。問題は、このあとだ。

繁じいに絡まれ時間を大幅に奪われた杏平たちは、困ったことになった。森覚寺は七時になると山門を閉じ、参拝客ほか一般人は立ち入れなくなる。一度は諦めて帰ろうとはしたのだが。

「ガキの頃、ダチと忍び込んで肝試しやったの思い出したんですよ。ほら、あの寺って木塀が途中で切れてるじゃないですか」

「塀がなくても、防風林があって」

「入れるんですよ。そりゃ草木がぼうぼうで楽じゃないけど、杉林を奥に進んで坂を上っていけば、お化けヒノキの前に出られるんです」

黙って紅茶を飲んでいた茜が、そこで初めて口を挟んだ。

「不法侵入なんじゃ……」

「そのとおりではあるんですが、和尚さんとは知らない仲でもなし、見つかっても叱られる程度で済むかなって。でもオレ、じめじめしてるところ嫌だったんで、妹を一人で行かせて、防風林の前の道に車停めて煙草吸ってたんです。こう、手のひらサイズの黒い巾着袋に煙草ケースとオイルライターを入れて持ち歩いてまして。それをサイドミラーに引っかけて待ってると」

妹が戻ってきた。暗いし怖いしどう進んでいいのかわからないから、ついてきてくれという。気乗りはしなかったが、杏平は妹を伴って防風林の奥に足を踏み入れた。

折悪しく、当日の昼間は雨だった。蒼然とする針葉樹林のなかは湿気で覆われ、まとわりつく雨に濡れた低木の小枝によって侵入は難渋をきわめた。何しろ杏平が忍び込んだのは体が小さく、はしっこい少年の時分だ。昔の記憶とは様相を異にしていて、ぬかるんだ土壌に足を滑らせ、行く手を阻む灌木《かんぼく》を迂回しなければならない難所もあった。

苦労して勾配を越え、針葉樹林を抜ける間近で。

「音がしたんです。木を引っかくような音が、お化けヒノキの根本から」

抑揚をつけ、身振り手振りを交える杏平の話し方は、自然と引き込まれるものがある。茜は上半身を前のめりに、大樹は空唾を飲み込んだ。チーズケーキを完食した青葉だけは我関せずで、新たに甘味を注文するべくメニューブックに手を伸ばしていた。

「見つかるとまずいんで、懐中電灯は地面を照らしてました。檜の辺りは真っ暗で、はっきり見たわけじゃないけど、そこにいたんです」

勿体つけるように杏平は言葉を止め、瞑目《めいもく》して深呼吸をした。何が、と大樹が訊くより先に、引きつった唇を動かした。

「幽霊が」

「えぇぇ……」

呆れ混じりの声をこぼしたのは茜だった。

「あのお寺って、出ちゃうんですか」

はなから信じていない口振りにも、杏平は強張《こわば》った体と表情を崩さない。

「オレだってまさかとは思いましたよ。けど見間違いじゃないです。妹も見てますからね。暗がりのなかにぼうっと白い首が浮かんでて。こう、かりかり、かりかりって、檜かじってました。妹が悲鳴あげたら、幽霊がカッとこっちを向いたんで、そりゃもう俺らビビって林の奥に逃げましたよ」

だがしかし、幽霊は木々の間を縫うように迫ってきた。二人は先を争って勾配を下《くだ》り、杏平は遁走《とんそう》中に転倒して泥まみれになった。やっとの思いで防風林を抜け、車道に停めてあったSUV車に飛び乗った。

「もう妹は半泣きでうずくまってるし、オレは泥だらけでアクセルべた踏みでしたよ。幽霊が追いかけてくるような気がして、何度もバックミラー確認して」

車は県道に入り、コンビニを通り過ぎ、交差点を過ぎ、信号のある歩道橋に向けて直進する。事故を起こしたのはその場所だ。

「白状すると、まともに車道見てなかったんですよ。遠くから見た限りでは信号が青だったんで、スピードゆるめずに突っ走りました。バックミラーばかりに気を取られてフロントガラスに目を移したら、影がふっと横切って。オレ、追いかけてきた幽霊じゃないかって。あれが繋じいだったってのは、あとで姐さんに聞きました」

事故は小心に由来する偶然なのだと、杏平は声高に力説する。

「大変でしたね」

慰めの言葉でも、茜の目は笑っていた。臆病風に吹かれた杏平というより、幽霊話が信じられずに笑っているのだ。

しかし大樹は笑えなかった。

彼が見たものは、四月頭に自分が樹間に見たものと同じではないか――。

「それ、本物？」

思わず漏らした問いかけに、杏平は仰々しく顎を引く。

「その手のマニアでもないんで、あれが幽霊なのか妖怪なのかは知りません。何かがいたのは事実です。なんかもう、あれからツイてないんですよ。姐さん経由で事故がオヤジに伝わって車取り上げられるし、監視するって名目で実家に住む羽目になっちやうし。幽霊に呪われたのかも」

ため息とともに杏平は愚痴り始めた。

真に受けるかどうかは別として、事情はおおむね理解した。

けれど、重要なことをまだ聞いていない。

「それで、うちの妹に何を」

苦笑を交え茜が訊く。

季節外れの怪談に、当の青葉は胡乱《うろん》な眼差しを向けている。

「ここまでは姐さんにも繋じいにも話しました。この先は、決して姐さんには言わないでください。隠し通したいんです」

そう前置きした杏平は、真摯な面持ちを青葉に据える。年端もいかない稚児をあやすような、ことさらに柔らかい声を喉から出した。

「今の話に出てきた巾着袋見てないかなぁ。ライターが入った黒い巾着袋なんだけど。サイドミラーに引っかけたまま車出したから、どこかに落としたらしいんだよ。事故の時点で、サイドミラーに引っかかってたかどうか知りたくて」

「覚えてません」

簡潔なひと言であしらわれた。それはそうだ。実際に青葉が見たわけではないのだから。

「ただのライターでしょ？　また買えばいいんじゃないの」

気落ちしている杏平に、大樹はつい軽口を叩いた。長い述懐のわりに、肝心な部分はどうでもいい内容だった。

「違うんです、そうじゃなくて……」

「あ、思い出の品とか」

「姐さんにもらったんですよ！」

杏平は両手で顔を覆い、声を殺して叫ぶように言った。

「アンティークの高価なライターで、姐さん煙草やめたそうだから、ねだり倒して手に入れたんです。大切にしなきゃ折檻《せっかん》するって脅されてまして。県道歩いて捜しても見つからないし、交番にも届けられてなかったし、ほとほと弱ってるんですよ……」

渋っていた姐御に譲ってもらい、その日のうちに紛失したそうである。本人にとっては、深刻な事態であるらしい。

「俺も姐御に口添えしてあげるから、正直に」

「ダメダメ、絶対ダメッ。ほんとに、ほんとに覚えてない？」

青葉は重ねて訊ねられ、甘味の選定に戻っていた目を上げる。明らかに興味を失った瞳で、あっさりと即答した。

「さあ」

落胆してがっくりと首を垂れた杏平が、虚ろな表情で独りごちる。

「しょうがないか……まだ小学生だもんな……」

すると茜が顔を背け、青葉は口を真一文字に結んで目を剝いた。思えば、今日は日曜で青葉は私服を着込んでいる。服装では判断がつかない。

「いやいや、バイトしてるんだから」

冷や汗をかいた大樹が言外に窘《たしな》めても、杏平はてんで気づかない。

「そういや、法律とか大丈夫なんスか」

「見た目どおりでしょうが。高校生だって」

「こんなちっちゃいのに？　オレ騙しても得しませんよ」

カウンター席の茜はたまらず吹き出し、後ろを向いて肩を震わせていた。

○　○　○

「たぶん、この辺りだと思うんだけど」

鬱蒼とする防風林前に軽自動車を停め、大樹は白い路側帯が延びるアスファルトに踏み出した。風が強い。針葉樹のざわめきが夜風に乗って輪唱している。車のヘッドライトが届かない先は漆黒が広がり、月と星明かりが彩る天蓋も大した意味をなさなかった。

「わわ。これは、うん。幽霊が出てもおかしくないかも」

続いて助手席側のドアを開けた茜は、風になびく髪を押さえて楽しげにしている。

杏平とパナケアで別れてしかるのち、姉妹を自宅に送り届けるついでの寄り道だった。好奇心旺盛な茜にせがまれた形だったが、大樹としてもやぶさかではなかった。

どうしても腑に落ちない。杏平が見た、そして自身が樹間に見たあれは、どんな存在で、いったい何をしていたのか。

「森の精霊だったりして……」

大樹の落とした呟きは、茜が耳聡く拾い上げた。

「ほほう、そうきますか。草壁さん浪漫派ですねえ。あたしも幽霊より、そっちのが好きです」

「そういうわけでは。うちの店の名前がドリアードなんで」

「ドリアードって、精霊の名前なんですか」

「ギリシャ神話です。英語だとドライアド」

「あ、それなら知ってます。でも、森の精霊って木を食べるのかな」

控えめに笑窪《えくぼ》を作った茜が、率直な疑問を投げかけてきた。

「いい歳して、馬鹿じゃないの」

応じたのは、会話する二人を尻目に不機嫌にしていた、もう一人の同行者だった。青葉はぷいと横を向き、露骨に顔をしかめていた。小学生に間違われ、笑った姉に対してむくれているのだ。

「もうアオちゃん、ごめんってば」

茜は背後から妹の両肩に手をかけ、懸命に宥めすかしている。大樹は姉妹から目を離し、闇に屹立《きつりつ》する防風林を見渡した。

強風に葉を揺らし、生きているかのごとく蠢動《しゅんどう》する針葉樹林。路側帯から一歩入れば、不可侵の別世界がある。この隔絶された緑の世界を得体の知れない何かが闊歩し、あまつさえ寺の敷地内にも侵入している。

目の錯覚ではない。杏平と彼の妹、大樹が目の当たりにした厳然たる事実がある。であれば大型の野生獣か。だが、樹木の硬い幹を食《は》むのは小さな昆虫か、この辺りに生息していない鹿だと相場が決まっている。

二度の目撃情報を総合すれば、儚く物悲しげな白い人形《ひとがた》、暗闇に首が浮かんでいて、檜の幹をかじっていた。皆目見当がつかない。

「ねえ、大樹くん」

思索に没頭していると、青葉に服を引っ張られた。妹の説得を放棄した茜は距離をあけ、懐中電灯片手に針葉樹林を覗き込んでいる。

「お腹空いた。姉さん置いてごはん食べに行こ」

「置いてかない。それよりもアオさ、近くの植物から声聴こえない？　さっきの彼のライターがどこに落ちたとか、できれば幽霊の正体も」

「あんな人どうでもいい。わたし便利屋じゃないし」

いまだ不貞腐《ふてくさ》れている。杏平も嫌われたものだ。

「そこをなんとか」

大樹が手を合わせると、青葉は気怠《けだる》そうな動作で防風林に近寄った。杉の木に手を触れ、おざなりに言った。

「知らないって」

「真面目にやれよ」

「あのねえ」

青葉は片手を腰に当て、大樹の鼻先に人差し指を突き出した。

「夜はみんな寝てるの。このたくさんの杉を一本一本手で触って、知ってる子を探してまわるの？　何時間かかるの。大樹くん、大人なんだから常識で考えて」

怒られた。もっともな話だ。

諦めるしかない。ヘッドライトが点《つ》いたままの車のバッテリーを気にして、茜を呼ぼうとしたときだった。車道の先に光が見えた。

大樹は眩《まぶ》しさに目を細める。光源はどんどん大きくなり、軽自動車の手前でエンジンを停止させた。

「不審者がいるかと思えば、ター坊じゃないか」

スクーターを駆っていた作務衣の和尚がヘルメットを外し、ずれた眼鏡をかけ直す。

「こんなところで何してんだ。若い子連れて」

「調査というか、見学で」

防風林を覗いていた茜が、早足でそばへと歩いてきた。

「こんばんは。すみません、お騒がせして」

「はい、こんばんは」

と挨拶を返した和尚が青葉に目を留める。

「見た顔だね」

「お母さんの……」

語尾が掠れた返事にも、和尚は得心がいったように眉を上げた。

「そうか、お墓参りの。てことは、檀家《だんか》さんかい」

数瞬の間を置いて、青葉は唇を平たく横に伸ばした。わかりませんと目顔で表明、助けを求めて姉を見る。茜が曖昧な笑みを浮かべて目を逸らすと、和尚はさも可笑しげに弛《たる》んだ猪首を震わせた。

「うちは墓檀家さんもいるし、若い子は知らんわな。それでター坊、このお嬢さん方は。おまえさんの彼女か。二人ともか」

「違う違う。こっちがうちでバイトしてる子で、そちらはお姉さんの」

簡単に二人を紹介したが、和尚は顔と語調に厳格な色を滲ませた。

「それはいいけどよ、最近ここいらに変なのがうろついてるから、危ないかもしれんぞ。調査か見学か知らんが、女の子連れてくるなら昼間にしたほうがいい。早よ帰んなさい」

大樹は茜と顔を見合わせた。

変なの、とは。

「和尚さん、何か見たの」

「見たってか、最近境内でかりかり音がするからよ。こないだなんか、見に行ってみたら悲鳴がして、賊が防風林に逃げていきやがった。すぐ正面にまわって原付にまたがったんだが、捕まえられなくてな。だからこうして、たまにパトロールしてるんだ」

「それ、梅川さんのところの杏平くんたちだ」

当日の出来事をかいつまんで伝える。

顔つきを険しくした和尚は「あの悪戯小僧どもか！」と膝を叩いていたが、話が幽霊にまで及ぶと呆れたように顎をさすった。感心しているようでもある。

「檜を食う幽霊って、またとんでもないのが出てきたな」

「最近かりかり音がするってことは、一度きりじゃないんだよね。杏平くんが目撃した、その幽霊みたいなやつの仕業じゃない？」

「かどうかは知らねえけどよ。お化けヒノキを食う幽霊って、どんな冗談だ」

もとより大樹も幽霊だとは考えていない。あれの正体を知りたかった。好奇心ではなく、言い知れぬ不安感が胸の内側にこびりついていた。

「お化けヒノキの下に、何か白いのがいなかった？」

「杏平の早とちりだろ。怖がってると、ありもしないものが見えるもんだ」

和尚は意に介さない。肝が据わっているからだろう。

ほかにもいくつか質問をぶつけてみたが、何も見ていないで通された。暗かったからと。大樹は意気消沈するしかなかった。

「ううん残念。この暗さだとライター落ちててもわからないし……」

ところが、茜の何気ない言葉が風向きを変えた。

「あの古めかしいライター、お嬢さんのかね」

和尚の反応に大樹が食いつく。

「杏平くんのかも。黒い巾着袋に入ってるらしくて。知ってる？」

「なんだ杏平のか。ならあいつ、また来たのか。犯人は現場に戻るって言うしな。けしからん、とっちめてやらにゃ」

「また来た？」

なぜか話が嚙み合わない。

「それ、いつ、どこにあったの」

「境内だ。てっきり参拝客のかと。そうさな、日付まで覚えてねえけどよ、悲鳴が聞こえた日じゃないぞ。何日かあとだ」

不審者警戒の夜間巡回を終えた和尚は、念のため境内も見廻《まわ》ったという。墓地や経蔵の裏、そして檜を見に行ってみたところ。

「お化けヒノキの根本に落ちてたんだよ。杏平の煙草とライターなんだろ？」

ずいぶんと食い違う。

杏平がサイドミラーに引っかけていたというのなら、境内に落ちているはずがなかった。彼は掛け値なしに思い詰めていたふうであり、嘘をつく理由が見当たらない。拾ったのが後日というのも奇妙だった。

「なんか知らんが、見てみるか。そのうち警察署に届けるつもりでよ、まだうちで預かってるぞ。こんなところで長話してもな。お嬢さん方が風邪ひいちまうわ」

昼は汗ばむ陽気だったとはいえ、陽が沈んだ今は路上に吹き抜ける風が頬に冷たい。

「温かいもん出してやるよ。上がっていきなさいな」

和尚に勧められ、茜が遠慮した口振りにも端々に賛同をうかがわせたので、柊姉妹と軽自動車に乗り込んだ。前を走る和尚のスクーターが先導し、森覚寺への短い道のりを行く。道中では、後部座席の青葉が忍び笑いをしていた。

「大樹くん。ター坊って誰？」

「黙りなさい。わかってんのに訊かない」

束の間の益体《やくたい》もないやりとりをして、森覚寺の砂利敷き駐車場に乗り入れた。和尚に従い、苔《こけ》むした階段を上がる。

「あの、訊いても？　なぜ〝お化けヒノキ〟なんですか？　幽霊が出るからとか」

質問した茜に、通用口の木戸を開けた和尚が意味ありげに口の端を歪めた。

「幽霊の哭き声を聴けるのは、今日みたいな風の強い日だけだ。聴いてみなさるかね」

奥の庫裏に向かった和尚とは別れ、大樹たちは仏殿を横切って参道を外れた。裏手にある最奥の墓地までは行かない。土の地面に歩を進めると、檜に近づくまでもなく例の哭き声が耳朶を撫でた。檜のたもとにたどり着いた頃には、耳に鳴り響くほどに音が大きくなっていた。

「これって……」

ひゅうひゅうと甲高く鳴る音が、茜の呟きを呑み込んだ。

境内には防風林に弱められたゆるやかな風が吹き、周辺の杉から離れ天を貫く檜の巨木が上空の巻く風に煽《あお》られて哭いている。それはあたかも叫ぶように嘆くように、お化けヒノキは樹冠から音を奏でて揺れていた。

寸刻、茜と青葉は檜の前に立ち尽くして聴き入っていた。日中はともかく夜のさなかに耳にすれば、防風林のざわめきも相まって、いっそう不気味さが醸《かも》し出される。

「哭いてるみたいでしょう」

大樹はおもむろに口を開いた。

「たぶん、幹の上のほうに樹洞《うろ》ができてるんだと思う。そこに風が吹き込んで、人が嘆き悲しんでるような音がする。だから、お化けヒノキ。針葉樹は普通、樹洞ができにくいんだけど」

「大正時代までは、この辺にも啄木鳥《きつつき》が出たらしい。そいつらの仕業だろうよ」

後ろから現れた和尚が解説を引き継いだ。手に茶盆を持っている。

「蜂蜜入りの生姜《しょうが》湯だ。温まるぞ」

湯飲みを一人ひとり渡していく。姉妹の礼を受け取って、茶盆を小脇に挟んだ和尚はそびえる檜を仰ぎ見た。

「うちの婆さん……母親が、こいつの樹洞見たことあるそうだぞ。かなり高い場所に、深い穴が空いてるんだと」

「へえ、一回見てみたいもんだ」

「面白いもんじゃないと思うがな」

そう言って、和尚が黒い巾着袋を手渡してきた。

「杏平のライターとやら、これか」

「どうだろ」

巾着袋のなかには、革製の煙草ケースとオイルライターが入っていた。汚れたライターは年代物で、くすんだ銀色の表面に昇り鯉《ごい》が描かれている。いかにも価値がありそうな外装ではある。

「杏平くんに言っとくんで、もう少し預かっといてもらっていい？　それなのかどうか、俺じゃはっきりしないいんだよ」

「なんじゃい、わからんのか」

生姜湯に口をつけながら、茜がライターに目を凝らす。

「そのライターっぽくはありますよ？　幽霊が置いていった、とか」

「お嬢さん幽霊好きだねえ。仏さんは、皆さん土の下で安らかに眠っておられるよ。寺に幽霊が出るなんて噂立てられたら、たまったもんじゃない」

不本意だとしながらも、和尚はふざけて言い添える。

「霊がいるなら連れてきなさい。供養して差し上げますぞ」

「幽霊なんて……いない」

檜の慟哭《どうこく》と不可解な状況に、さしもの青葉も怖くなってきたようだ。姉の服を摑んでいる彼女の心細い囁《ささや》きが、嘆きと風音に紛れて消えた。轟々《ごうごう》と葉を揺さぶり、檜の叫びが闇のなかに木霊《こだま》している。

ざっと見た限り、檜の幹には獣が歯や爪を立てた痕は残っていない。かじっていた、というのはやや見当外れのようではあるが——。防風林と森覚寺に出没する正体不明の存在。現状、それを知る術はない。

県道を稲宮まで車を転がし、姉妹が住むマンションに着いたときには、午後九時になろうとしていた。和尚には、野犬の類いが防風林に潜んでいるのではと警告してきた。徘徊《はいかい》する獣が巾着袋を咥《くわ》え、お化けヒノキのたもとに運んだとしか考えられない。

「ねえ、一緒にごはん食べ行こうよ。いいでしょ」

車に乗っている間、青葉は催促を続けていた。二人とも未成年だ。遅い時間に、そうそう連れまわすわけにもいかなかった。

「また今度な。今日は遅くなったからさ」

「わがまま言わないの、ご迷惑でしょう。デリバリーでピザ頼も？　ね、降りて？」

姉に促され、膨れっ面の青葉がしぶしぶ降りる。

しかし、茜は助手席を降りなかった。

「あたし草壁さんに話があるから、先に上がってて」

軽く首を傾げた青葉が何度か振り返ってマンションのエントランスに消えていき、妹を見送った茜はシートベルトを外して身をよじる。

「あの子と何かあったんですか」

いきなり言われた。

「急に仲良くなっちゃって。『大樹くん』と『アオ』ですからね。これはもう、何かあったとしか思えません」

「と言われても……」

答えに窮《きゅう》した。誤魔化すようなことではないが、話せば植物の声にまで言及しなければならなくなる。こちらから青葉に持ちかけた約束事だ。

「バイト始めて一ヶ月ですから。なんだろう、友達みたいな」

迷った末に口に出してみると、すとんと心に収まるものがある。騙してはいない。年齢はひとまわり近く違うけれど、友誼《ゆうぎ》を結んだとして差し支えなかった。きっと、これも正解のひとつなのだろう。

不意に茜は笑みを消し、フロントガラスに目線を向けた。街灯と植え込みの照明が、夜の歩道をぼんやりと照らしている。

「梅川さんがお店に来たとき、あの子、草壁さんの背中に隠れたじゃないですか。あたし、ちょっとショックだったんです。昔はあたしの後ろにくっついて歩いてた子なのに。こうやって離れていっちゃうのかな……」

「お寺では、お姉さんにべったりだったじゃないですか。たまたまですよ」

青葉にとっての拠り所。亡くなった母親なのかもしれないが、この場では姉だと言っておいた。口先だけの言葉ではない。茜も頼りにされているのだろうとは思っていた。

「だといいけど。あたしが妹離れできてないのかな……」

と下を向き、顔を上げる。

「……なんだか、はぐらかそうとしてません？」

「いえいえ、穿《うが》ちすぎですよ」

「怪しいなあ。何やら内緒話があるみたいだしぃ」

疑い半分の微笑を見せた茜は、助手席のドアを開いた。

「今日は楽しかったです。送っていただいて、ありがとうございました」

そして、去り際に小声で言う。

「また遊んでください。大樹さん」

ほのかなサボンの香りを車内に残し、彼女はエントランスに入っていった。しばし大樹は余韻に浸り、ハンドブレーキを押し倒した。

○　○　○

大樹は森覚寺の駐車場に商用車を停め、後部の荷室をやおら開いた。両腕いっぱいの仏花を抱え持ち、石造りの階段を小気味よく上がる。持ち重りのする量である。今朝早く発注があったものだ。森覚寺には、仏殿に供える仏花の注文を定期的にもらっている。そのまま山門をくぐり、庫裏に向かった。

「毎度どうも」

「あら、ご苦労様」

通いで仲働きをしている年配の女性に仏花を引き渡し、仏花の代金が入った茶封筒と領収書を交換する。

「和尚さんは本堂ですか」

「いいえ、今お客様がいらしてて」

来客中のようだ。

昨夜、柊姉妹をマンションに送ったあと梅川家に連絡して、森覚寺で預かっているライターがそうではないかと杏平に伝言を頼んであった。結果を知りたかったのだが、邪魔するほどのことでもない。

もののついでに、大樹はお化けヒノキに足を向けた。

澄んだ青空には雲ひとつなく、陽が沈むまでには数刻ある。明るいうちに獣が爪を立てた痕跡を確かめたい。参道を突っ切ると、地面をついばんでいた数羽の雀《すずめ》が飛び立ち、お化けヒノキのほうから騒がしい声が聞こえてきた。

「おお、ター坊か。ちょうどよかった」

お化けヒノキとやや離れた経蔵の陰である。なぜか和尚が、腕を組んで突っ立っていた。黒衣に菱模様の袈裟《けさ》を身につけている。客の姿はどこにもない。

お化けヒノキの根本には、男女織り交ぜた四人の若者がたむろしている。彼らが客というわけでもなさそうだが、スマートフォンで大檜を撮影したり、幹に全身で抱きついたりと忙しい。

「和尚さん、あれは」

「お化けヒノキ……じゃなかった霊樹の見学だよ。観光客が来るって言ったろ」

虚飾ブログに誘われた連中らしい。

パワースポット巡りの真っ最中なのだろうが、霊樹と寺院という言葉から連想される厳かな雰囲気とは一切無縁で、落ち着きなく奇声をあげてかしましかった。

「それより助けてくれよ。しつこいったらなくてな」

「何がしつこいの」

大きくため息をついた和尚が黒衣を払い、微かな線香の匂いがぷんと漂う。

「客だよ。あんなの客じゃねえか。今はトイレ貸してくれって……ああ戻ってきた」

「どうもすみません。お待たせしました」

声に振り返ると、黒縁眼鏡をかけたスーツ姿の人物が歩いてきていた。手にしたハンカチで叩くように額の汗を拭き取っている。

「御手洗い、掃除が行き届いていて綺麗ですね。そういった細かな気遣いに人徳が」

「世辞はいらねえよ」

和尚は苦虫を噛み潰したような顔をしている。

「あんたは枯れるって言うがな、こっちの専門家は枯れねえってよ」

まず大樹のつけているエプロンに視線を寄越《よこ》し、舐めるように上へと移動させた。

「専門家、ですか」

「申し遅れました。わたくし、こういう者です」

当惑する暇もなく、名刺を両手で差し出してきた。

稲宮に事務所のある建売住宅の販売業者だ。営業部で役職はなく、『梨元桂《なしもとけい》』となっている。顔立ちだけだと三十がらみに見受けられるが、フレームが太く野暮ったい眼鏡のせいで老けて感じられるのかもしれない。折り目正しく着こなした黒のスーツが真新しく、就職活動中だと言われても納得してしまいそうだ。髪を上げた汗浮く額が日光に反射しており、卵のような丸さが際立って見えた。

梨元はその丸みを帯びた広い額を、白いハンカチでぽんぽんと叩いている。

「ドリアードさんというと、商店街の入り口にあるお花屋さんの」

「そう、花屋の息子だ。大学で勉強してきてるからな、あんたより何倍も詳しい」

代わりに和尚が答えたが、大樹は話についていけない。

「では農学部ですか。すると植物病理学関連を」

「そうだ」

「違いますって」

門外漢をつかまえて躊躇《ちゅうちょ》なく放言を吐く和尚に、大樹は慌てて止めに入った。

「和尚さん、何がなんだかさっぱりなんだけど」

「察しの悪いやつだな。ほら、前言ってた」

檜を買い付けにきた業者だという。和尚が言うには、お化けヒノキが枯れそうだと難癖をつけてきたのも、この人であるらしい。

「難癖ではありませんよ」

遺憾だと言わんばかりに梨元は目を剝いた。太い眉の下にある黒縁眼鏡は度が強いのか、開かれた目が一段と大きく感じられた。

「経験上わかるんです。樹勢に翳《かげ》りが見えてますよね。あと半年か一年か、それほど長く保ちません。立ち枯れしてしまったあとでは遅いですよ」

「信用できん。適当なこと言って、うまいことせしめようって腹じゃないのかい」

「老婆心からです。無駄に枯らしてしまうよりは、形を残したほうがいいと」

「切り刻んで材木にしちまったら、形も糞もないだろうが」

「檜は建材に形を変えても、百年千年と生き続けます」

口喧嘩のようになってきた。

「ター坊、おまえさんの意見は」

そして、やにわに水を向けられた。和尚が目配せをしている。欺《あざむ》きたくはなかったが、見ず知らずの人間に味方する義理はない。

「知り合いに樹木医みたいな人がいるんで、一度連れてこようか」

言って、梨元に顔を向ける。

「もしそれで治療も無理そうなら、考えてみるというのは」

本職の名を出されては梨元も抗弁できず、代わりに細い吐息を吐き出した。広い額をハンカチでしきりに叩くその仕草は、どうやら癖であるようだ。

「そら、うちの相談役もこう言ってることだし、もう帰んなさいな」

追い払うように和尚が手を振ると、梨元は潔く引き下がった。

「樹木医の方に診せるというのであれば、はい、今日のところは。そのうえでやはり回復が難しそうなら、ぜひご用命を」

ご無礼します、と見せた背に和尚が追い打ちをかける。

「売らねえもんは、どうしたって売らねえけどな。あんたに恨みがあるわけじゃねえけどよ、こっちだって忙しいんだ。いちいち構ってられねえよ。もう来なくていいからな！」

梨元の背中が見えなくなったのを見計らい、大樹は和尚に向き直った。

「勝手に相談役指定しないでくれる？　ちょっと気の毒だったけど」

「いいんだよ、毎回しつこくてな。今日で三度目だぞ。見てみろよ」

お化けヒノキに顎をしゃくる。たむろする若者が、まだ根本で騒いでいた。

「まるで枯れる様子ないだろ。ありゃ詐欺師だ。適当に誑《たぶら》かして買い叩こうって魂胆なんだろうよ」

執拗に食い下がられたせいか、和尚はいささか機嫌が悪い。

「立ち木っていうのは、見た目じゃわからない場合もあるよ。根に異常があって段々枯れていくことも」

「やなこと言いなさんな」

「さっきの樹木医は口から出任せじゃなくてさ。知ってる人に頼んでみようか」

梨元が断定口調だった根拠は不明ではあるが、ひょっとすると青葉なら、つまびらかに答えを導き出せるのではないだろうか。あの子は枯れゆく植物に対して、一種の惻隠《そくいん》の情を抱いている節がある。闇雲に植物の声を聴けと頼むのでなければ、快諾とはいかなくとも引き受けてくれるに違いない。

「金かかるのか」

「食いもん与えとけばいい。甘いもので釣れる」

「なんだいそりゃ」

和尚は薄い苦笑を作っている。

取り越し苦労ならそれでいい。折に触れて青葉に相談してみよう。

「まあ、そのうち頼むよ。で、おまえさん用事があったんじゃないのかい」

「ああそうだ。杏平くん、ライター取りに来なかった?」

「来た来た。あいつのだってよ。どうしようもねえ悪ガキだ。頭はたいといたよ」

やはりそうか。となると——

お化けヒノキを遠くに見やる。

群がっている数人は、依然として離れようとしなかった。配達に訪れただけの森覚寺に長居するわけにもいかず、幹の痕跡を確かめるのは断念したほうがよさそうだ。

「じゃ和尚さん。仏花、お手伝いさんに渡してあるから」

和尚に別れを告げ山門を抜けた大樹は、駐車場に停めてある商用車に戻った。エンジンをかけて車を出す。思ったより時間を取られた。店に帰れば、授業を終えた青葉がそろそろ出勤してくる頃合いだ。

防風林の舗道を走る途中、路側帯に梨元の背中を見かけた。頼りない足取りで、ひと目で内心が見透かせるほどに力なく歩いている。

徒歩で来ていたのか。バス停までなら乗せていってやろうかと停まりかけたが、いらぬ世話かと考え直した。初対面の相手がいきなり声をかけても、警戒させてしまうかもしれない。縮こまった背中を追い越した。

県道に合流して真っ直ぐ進み、交差点を左折する。

「なんだ、あれ」

商店街の入り口に向かおうとして、大樹は眉をひそめ速度をゆるめた。バス停にいる制服姿の青葉が両手を振り、訴えかけるように小さく跳びはねている。傍らには、――繁じいがたたずんでいた。

バス停標識前に停車する。助手席側の窓から顔を出した。

「アオ、何してんの」

「お爺さんが、大樹くんに話あるって」

「繁じいが？」

顎には白い無精髭《ぶしょうひげ》、目の下はうっすら黒ずんでいる。珍しく畏《かしこ》まった顔つきの繁じいは、大樹が車を降りるとさらに恐縮の度合いを深めて俯いた。

「すまん。他人にゃ聞かせられねえ話でよ。嬢ちゃんに待っててもらったんだ。おまえ通したほうがいいんじゃねえかって」

「あ、ああ……」

気味が悪い。こんな殊勝な繁じいは初めて見た。

「どうするか悩んだんだが……悩んで悩んで夜眠れなくてよ。思い立ったら矢も盾もたまらなくてな。隠さないで言ってくれ。違うんだったら、頭のおかしいジジイの世迷い言だと笑ってくれりゃあいい」

戸惑う大樹をよそに、老人は伏せていた顔を持ち上げた。憔悴《しょうすい》しきったかのような落ち窪んだ眼窩《がんか》には、ぎらりとした鋭さが宿っている。

「嬢ちゃん、草花の声が聴こえるんじゃないのか？」

ぎょっとして青葉を見た。

彼女は小刻みに首を横に振っている。打ち明けたのではないらしい。

「つい先日だ。トラックで流してるときに見たんだよ。おまえら県道沿いの街路樹に触って、おかしな真似してただろ。そのあとすぐスーパーの倅が謝罪に来た。花屋のバイトの子が事故見たってな。そんなはずはねえ。あのとき俺は酔っちゃいなかった。誰もいなかったのは確実だ。日曜に俺が店に行った日も、花が喋る喋らねえみてえな話してたろ」

「いや繁じい、それは」

「嬢ちゃんが木を撫でる姿、俺の知人とそっくりだったんだよ。あの人も、そうやって木の声を聴いてたんだ。だからそうじゃねえかって。木や花と会話できる人だったんだ」

思いがけない話に凍りついた。心臓が一度大きく波を打つ。目を見張った青葉にしても、大口を開け絶句している。

「スーパーの倅、寺に幽霊が出るって言ってなかったか」

「聞いた……けど。木を食べてたみたいなことは」

「あいつが見た幽霊がその人だ。木を食ってたんじゃねえ、なくしたものを捜してたんだ。俺のせいで、ずっと捜し続けてるんだ。彷徨《さまよ》ってるあの人になんとかして謝りたくて、成仏させてやりたくってよ。そこで、おまえに頼みがある」

繁じいは幽鬼のような表情でひざまずいた。握りしめた両の拳を腿《もも》の上に乗せ、深々と頭《こうべ》を垂れる。

「このとおりだ。嬢ちゃんを貸してくれ。お化けヒノキの声を聴いて、なくなったものを捜し出してもらいたい。嬢ちゃんにしかできないんだ。俺が鼻つまみ者なのは心得てるが、死に損ないのジジイがする最後の頼みだと思って聞いてやっちゃくれねえか。今すぐとは言わねえ、店が休みの日でいい。謝礼もする。十万だろうが百万だろうが用意する。頼む、このままじゃ死んだって死にきれねえ」

大樹と青葉は黙って目を見交わした。

――植物と会話ができる人物を、この老人が知っている。

拒否できようはずもなく、選択の余地は残されていなかった。

〈5〉雪枝先生

かの老人より仔細を聞き出すのには、数日待たなければならなかった。大樹は定休日がくるまで悶々と過ごしていたが、当の本人である青葉はというと、これといった素振りを見せず飄然と立ち働いていた。

かくして当日。

大樹はドリアード前の路上に軽自動車を停め、青葉が来るのを今か今かと待ちかねていた。

標識前に路線バスが停車する。稲宮帰りであろう買い物袋を提げた主婦がバスを降り、続いて開襟シャツを着た壮年の男性、制服姿の青葉が降りてきた。加えて、もう一人降車口から降りてきた。

「え……」

啞然《あぜん》とした。

圧縮空気が抜ける音を立ててバスが走り去ると、茜が半眼で近づいてきた。青葉は顔と目を逸らしている。

「洗いざらい聞きました。大樹さん、あたしを騙したんですか」

「アオ、どういうこと」

「あの」

青葉は口を開きかけたが、茜が遮るようにして前に出た。

「いいでしょう。その繁じいさんという方の話が本当だったら、あたしも植物の声を信用します。お寺の幽霊にも興味ありますしね」

青葉が姉に信じてもらいたい一心で連れてきたのだ。約束事も暴露されている。

「いやなんと言うか、騙してたんじゃなくて」

「あ、嘘ついてた大樹さんには発言権ありませんのであしからず」

茜はちょっと怒っている。

やむを得ず軽自動車のドアを開いた。茜は助手席に、青葉は後部座席に乗り込む。

「十分かからず着きますから」

大樹の心情をあらわすように、軽自動車は緩慢に走り出す。

商店街を奥に進み、スーパーを目印にしてハンドルを切った。商店街の表通りを抜けてもいくつかの店舗はあるが、ほとんどは錆びついたシャッターを下ろしている。

そのうち視界が広くなった。とにかく多いのが青空駐車場だ。売地もやたらと目につくいて、徐々に木造家屋が増えてきた。ぽつぽつと畑も見え、いったん広くなった舗装道路は、角の電信柱を曲がると狭くなった。

「あれ、こっちって」

青葉が後部座席から身を乗り出している。

「アオとは一度、来たことあるよな」

前方を見つめたまま大樹は応じ、狭い隘路に速度を落としてゆっくり走った。ブロック塀の丁字路を曲がって道なりに進んでいく。

「この隣が繁じいの家」

到着した偽畑脇の路肩に車を停め、隣接する民家の正面にまわった。

「うわ……」

ゴミ屋敷を見た茜の感想だった。壊れた箪笥や脚の折れた椅子、どこからか剝ぎ取ってきたベニヤ板。打ち捨てられた玄関の屑物は、そうとしか表現しようがなかったのだ。

「繁田さん、ですね」

表札のかすれた毛筆書体を見ている茜に頷きを返し、大樹は粉が浮くプラスチック製の呼び鈴を押し込んだ。応答がない。剝き出しの配線が途中で千切れている。格子状の引き戸を軽くノックすると、嵌め込まれているガラスが頼りない音を立てた。

「繁じい、来たよ！」

ややあって、なかから声が返ってきた。

「おう、入ってくれ！」

引き戸を開ける。建てつけが悪く、引っかかりがあった。

玄関に入ってまず気がついたのは、老齢の人間が放つ独特の匂いだ。併せてシンナーと微かに木材の匂いも漂っていた。

勝手に上がっていいものかと、三和土《たたき》で足踏みして躊躇する。

「わざわざ悪いな。ちょいと作業中でよ」

長い廊下の先の一室から繁じいが顔を出した。手を叩いて払っている。

「そのまま上がってくれ」

言われるがままに靴を脱ぎ、上がりかまちに足を乗せた。板張りの廊下がぎしりと軋《きし》んだ音を立てた。

木造の古びた平屋だ。どこもかしこも古めかしい。昔ながらの板張り廊下は歩くたびに軋んで鳴き、元の色が判別できないほどに黒く斑《まだら》になっていた。天井との境目辺りの漆喰《しっくい》も、黒く煤《すす》けて汚れている。

「なんだ、こないだ店にいた大きいほうもいるのか」

「はい、すみません。あたしもいいですか。この子の姉なんですが」

諾とも否とも言わず、繁じいは身を翻した。

「こっちだ。いちおう掃除しといたんで、汚くはねえはずだ」

廊下を進み、繁じいが出てきた部屋にはたと大樹は目を留める。

ところどころ破れた襖《ふすま》があるその部屋は、畳が取り払われ青いビニールシートが敷かれていた。台座に置かれた糸鋸盤《いとのこばん》を中心に、塗料の缶と切断された木材や鋸がある。そして修繕された古い椅子や机、作りかけの木製ベンチが壁に立てかけられていた。

「あのベンチは」

老人が肩口から目を寄越す。

「誰にも言うんじゃねえぞ。役場がうるせえからな」

「その手で作れるんだ」

「ん？　ああ、糞坊主がばらしやがったのか」

繁じいは右手を胸元まで上げて軽く握り、小さく舌打ちした。

「トラックだって転がせるんだ。赤ん坊みてえな握力だが、できなくはねえよ。医者にリハビリしろって言われて始めたんだが、どうもいけねえ、気づかねえうちに右手を使わねえよう工夫しちまう」

「公園とかバス停に置いてあるベンチ、みんな助かってるよ。奉仕活動？」

「馬鹿《ばか》言え、俺がてめえで使うためだ。地べたでいびきかくより、ベンチに寝転んだほうがいいからな。町の連中のためなわけあるか」

だが、なかには誰とも知れないベンチの作り手に、感謝している人間もいる。

「建築現場とか製材所に行けば、余った材木は無料《ただ》でもらえるからな。それで作って、真夜中にトラックで運んでんだ。近頃は体が言うこと聞かねぇんで難しくなってきたけどよ。ジジイだからな」

へっ、と自虐気味に笑い、繁じいは廊下の先に進んでいく。

通されたのは、十八畳はあろうかという広い居間だった。長方形の大きな座卓が中央に鎮座しており、壁際には小型の食器棚や木目調の箪笥が置かれている。日光に焼けて漂白されてきている畳の先には障子戸、縁側を挟んでガムテープで補修されたガラス戸があり、面倒で放置してあるのか、軒先に鐘を模した古風な風鈴が吊るされていた。

縁側から見える庭には黒いごみ袋が積み上げられ、避けるようにして一本の庭木が生えている。青々とした針葉をつける、三メートルほどの細い檜だ。注視したのは、檜の根本だった。萎れた蓮華草が植えてある。横には一升瓶が据えられていた。

「溜《た》まっちまってな。少しずつ移し替えて、片付けようとはしてるんだが」

ガラス戸を半分開いて庭先を覗いていると、繁じいが背後でそう言った。ごみ袋を見ていると思ったらしい。

「急に指定のごみ袋に入れろとか抜かしやがってよ。集積場に捨てても持っていきやがらねえ。透明のじゃねえと駄目なんだと。中身は木屑しか入ってないってのに」

「生ごみ入ってないの？　何年か前、虫がわいたって」

大樹を一瞥した繁じいは、鼻を鳴らしてブロック塀の先を睨《にら》みつけた。

「あんなもん、隣の畑が手ぇ抜いて農薬使わなかったせいだろ。あることないこと残らず俺に引っかぶせやがって。んな胸糞悪い話はいい。とりあえず座ってくれ。座布団くれえあるからよ」

着座を勧められた。

風鈴が清涼感のある音色を奏でるなか、繁じいが庭を背にして胡座《あぐら》をかき、対面に大樹と柊姉妹が並んで腰を下ろした。姉妹は行儀良く正座している。

座卓には、深い藍色のカバーがかかった、フォトアルバムが用意してあった。厚みがあり、ずいぶんと古臭い。

「まず、こいつを見てくれ」

アルバムが開かれ、座卓を滑らせて差し出される。

台紙が黄ばんだ左側のページには、家族写真だろうか、着物を着た男女に挟まれ、椅子に座る少年が澄まし顔で写っていた。白黒だ。右側のページもやはり白黒で、スカートを穿《は》いた若い女性と、学帽をかぶった少年が並んでいる。この家を背景にして撮ったようだ。女性は微笑み、少年は仏頂面をしていた。

「木や花と会話できるってのは、この人だ」

繁じいが指したのは、女性と少年が写っている写真のほうだった。

「学生帽の子が繁田さんですか」

茜に問われ、繁じいは照れ臭そうに鼻の下をこすった。

「繁じいで構わねえよ。洟《はな》垂れ小僧は見なくていい。女のほうな、雪枝《ゆきえ》さんっていうんだ。このときは十七、八だったかな」

「すごい美人ですね……」

写真をひと言であらわした茜と同じく、大樹も似たり寄ったりの印象を抱いた。艶《つや》やかな長い髪に唇が薄く、儚げな笑顔の似合う美しい女性だった。

「近所のやつが出征するってんで写真屋呼んで家族写真撮っててよ、ついでに頼み込んで、そこの庭先で撮ってもらった写真だ」

とすると、七十年以上前の写真か。戦時中だ。

「俺が知りたいのはな、この雪枝さんが大事にしてた櫛《くし》の行方だ。お化けヒノキの樹洞《うろ》に入れたのに消えちまってな」

「櫛を樹洞に入れたって、誰が」

大樹の問いに繁じいが言う。

「俺だよ。大菊の模様がある茶色い櫛だ。お化けヒノキの声が聴けるなら、櫛がどうなったのかわかるんじゃねえかと思ってよ」

言葉を切り、老人が腰を上げた。

「じゃあ寺に行くか。車で来たんだろ、俺も乗せていけ」

「えっ、もう行くの？」

「早いほうがいいだろう」

せっかちすぎる。

話が短く端折《はしよ》られていて、事情もいきさつもまるでわからない。

「早いよ。もっと細かく聞きたい。その雪枝さんの人となりとかを」

「ああ？　聞いてどうする」

どう答えればいいものやら。

繁じいに頼まれ承諾はしたが、大樹はむしろ、植物と会話ができる人物の話を聞き出すのが主目的だと考えていた。

青葉や茜も同じだろう。大樹が困って姉妹を見ると、茜が正座したまま頭を下げた。

「支障がなければ、教えてください」

姉に従うように、青葉も無言で頭を下げる。

繁じいは苦りきった顔をした。荒い動作で座り直し、小刻みに貧乏ゆすりを始める。

「これじゃ、どっちが頼み事してるのかわからねえじゃねえか」

吐き捨てるように言って、睨みつけるようにアルバムに目を据えた。

考え込んでいる。

老人の態度には迷いがあった。話したくないらしい。

まじろぎひとつせず思い悩んでいた繁じいは、そのうち大きく舌打ちをしてみせた。

「雪枝さんが住んでたのは隣だ」

話す気になったとみえ、繁じいは貧乏ゆすりを止め、肩から力も抜いている。

「もともと隣のクソ畑の一部は民家でな、雪枝さん家族が住んでたんだ。俺は昔から悪ガキだったがよ、雪枝さんだけは可愛がってくれた。俺の初恋の女《ひと》だ」

老人らしからぬ含羞《がんしゅう》の表情は、しかしすぐさま陰鬱な顔色にすり替わった。

「その女《ひと》を、──俺が殺した」

一陣の風が居間に吹き込む。軒に吊るされた風鈴が、りん、と鳴った。

「当時の小学生は国民学校の小国民といってな、戦陣訓唱和だか軍事教練だかやらされてよ。俺はからっきしで、教師にこれでもかってくれえ殴られまくってた。ま、そいつは俺が乱暴者だったせいかもしれねえ。喧嘩っ早くて、同級の連中を泣かせてたからな。ガキ大将ってわけでもねえ。俺は昔っから嫌われもんで、誰も近寄ってこなかった。そんないけ好かねえガキにも、隣に住んでた雪枝さんだけは優しくしてくれたんだ」

昭和初期、太平洋戦争真っ只中の話である。遥か昔の記憶をたどり、思い出を噛みしめて味わうように、繁じいは滔々《とうとう》と過去を語る。

「家に帰って雪枝さんに愚痴を聞いてもらう毎日だったんだが、戦争が進むと、俺を殴ってた男の教師どもは赤紙でどんどん召集されていった。教員が少なくなって、白羽の矢が立ったのが師範学校の教生だとか、女学校を出たばかりの若い娘だ。雪枝さんもそのなかの一人で、隣に住んでる雪枝姉ちゃんから、学校の雪枝先生になった。嬉しくって小躍りしたよ。現金なもんで、大嫌いだった学校が大好きになったな。ところがだ。そのうち敗色が濃くなってきて、都会からガキが集団疎開してきやがった。べらぼうな人数だ。縁故はともかく、集団疎開のガキは住む場所がねえからな。森覚寺を間借りして寝起きしてたよ。そいつらに食い物を分けてやるのはいいんだが」

「いいの？　戦時中は食料が足りなかったんじゃ」

差し挟まれた大樹の疑問に、繁じいは軽く呆れた息をつく。

「だっておめえ、この辺りは今よりもっと糞田舎で、田んぼと畑しかなかったんだぞ。食いもんなら田畑に有り余ってて、うちの親戚連中は上等の着物かき集めて、食いもんと交換してくれって泣きついてきてたよ。俺のお袋はお人好《よ》しだったからな、右から左に恵んでやってたぞ」

「金物を供出させられて、苦労したんじゃないんですか？　牛や馬を持っていかれたとも聞きますけど」

　茜の発言を、顔のしわを深くして老人が笑った。

「持ってかれたのは森覚寺の釣り鐘ぐらいだ。鍋とかタライとか、なくなって困るもんは出さねえよ。牛馬は働き手だ。渡しちまったら農作業できなくなって、供給する食料が余計に足りなくなるぞ。ほかの地域は知らねえけど、ここいらみたいな田舎は、戦争なんざどこ吹く風で普通に生活してたよ。問題は学校だ。国民学校の半分は軍需工場って名の紡績場になってたんで、疎開児童の教室が足りねえ。じゃあどうするかっていうと、やつらが宿舎にしてた寺をそのまま授業に使うんだ。雪枝先生も森覚寺の都会もんのほうに教えに行くことになっちまってな。許せなくて、なんで雪枝先生が余所者《よそもの》にって癇癪起こしてよ」

　憤慨した繁田少年は、腹いせに疎開児童を殴ってまわっていたという。雪枝先生は都市部から来た子供たちにも分け隔てなく接する人柄で、一様に慕われていた。幼さゆえの独占欲か、好いていた女《ひと》を掠め取られた気分になって、癪に障ってたまらなかった。

　雪枝先生が喋る植物の話をしてくれたのは、そんなときだった。疎開児童の女の子が摘んだ野花を先生に渡そうとしているのを見かけ、繁田少年は頭にきて割り込んだ。女の子が持っていた野花を叩き落として踏みつけると、先生はしゃがんで目線を合わせてきた。

「雪枝先生は怒らなかった。じっと俺の目ぇ見て言うんだよ。花が悲しんでるからやめてあげてってな。女の子が悲しんでる、じゃねえ。花が悲しんでるんだって」

そうして雪枝先生は教えてくれた。木や草花はみんな心を持っており、植物は人間の行いを見て笑ったり悲しんだり、怒ったりしていると。先生は植物の声が聴こえていて、自在に会話ができるのだと語った。

頭から信じたわけではない。けれど普段見せない厳しく真剣な表情の先生に諭されて、繁田少年はほんのり怖くなってきた。植物ならそこら中に繁茂している。言われてみると、狼藉《ろうぜき》の数々を見た植物が怨嗟《えんさ》の声をあげているような気がしてきた。

少年が大人になろうと背伸びをする時期でもある。あらためて自らの行いを省みて、子供っぽい嫉妬《しっと》が恥ずかしくもあった。雪枝先生が変わった方法で窘めた甲斐《かい》あってか、繁田少年の乱暴は次第に鳴りをひそめていった。

「先生は、お化けヒノキが好きだって言ってた。あの歳食った檜は生き字引で、子供を見守ってくれてるそうだ。それとゲンゲも好きだって。この辺の田んぼはな、昔は農閑期になると一面のゲンゲ畑になったもんだ。植物は人間の役に立ちたがってて、ゲンゲはおひたしにされて食われても、田んぼに鋤《す》き込んで草肥《くさごえ》にされても喜んでるんだってよ」

紫雲英《ゲンゲ》とは、蓮華草の和名である。大樹が庭に植えられた蓮華草に目をやると、繁じいは視線の先を追って微笑んだ。

「俺が轢き逃げに遭った日は、雪枝先生の誕生日でよ。毎年どこかでゲンゲを根っこごと抜いてきて、庭に植えてるんだ。自分で稼いだ金で酒供えて……つっても、今は年金暮らしだが、てめえで払った金が返ってきてるのには違いねえからな。供養のつもりだったんだが」

無駄だったのかもしれねえ、と口のなかで呟いた。

老人は険しい顔つきで続ける。

「俺が乱暴するのをやめた、そんな折だ。雪枝先生のもとに訃報が届いた。俺の初恋の女《ひと》といっても年頃の娘さんだからな。ちゃんと結婚の約束をした男がいて、そいつの遺族が英霊云々書いてある紙切れ持ってきたんだ。まわりが結婚相手決めちまう時代でな。当時としては珍しく本人同士が決めた結婚だったんで、先生、見てるこっちが狼狽《ろうばい》するほど落ち込んじまってよ。婚約者にもらった鼈甲《べっこう》の櫛を胸に抱いて、人目も憚《はばか》らずに泣いて過ごすようになっちまって。涙ぐむばかりで構ってくれなくなった先生に、俺はまたぞろ悪い癖を出したんだ。先生が櫛を大事にしてるのは知ってたんだが……馬鹿なガキだからどうしても我慢できなくてよ」

終戦間際、初夏に差しかかったある日の朝。繁田少年は、雪枝先生の目を盗んで鼈甲の櫛を持ち出した。櫛さえなければ先生は元通りになると、浅はかな考えに至ったのだ。

「いい隠し場所ねえかって、思いついたのがお化けヒノキの上だ。俺は木登りが得意でよ、あれに登れるやつはそういなかった。登る物好きも俺くらいなもんだけどな」

「あんな木、どうやって登るんですか」

茜が感心している。

数人がかりで手を繋いで、やっと届くほどに幹が太い檜である。

「縄に括《くく》りつけた棒っ切れぶん投げて、枝に縄吊るすんだよ。縄を伝ってある程度上がればあとは楽だ。素足で太い枝足場にしてな。とにかく登っていって、櫛に傷がつかねえようにぐしゃっと丸めた新聞紙に包んで、檜の上のほうにある樹洞《うろ》に隠したんだ」

当然、雪枝先生は必死になって捜しまわったことだろう。繁田少年の家にも、櫛を見ていないか訊きに訪ねてきた。だが、少年は自分が隠した事実を決して明かさなかった。根掘り葉掘り訊かれるうちに、そんなに櫛が大切なのかと雪枝先生が憎らしくさえなり、ついには癇癪を起こして怒鳴りつけた。

「草木と喋れるんなら訊いてみりゃいいだろ、ってよ。俺の態度で、先生も誰が隠したのか気づいたんじゃねえかな」

悪辣に罵った少年は自宅を飛び出した。自分でも悪いことだとはわかっていた。けれど血がのぼった頭では、謝るという行為が考えられなかった。畦道《あぜみち》を走り疲れて見まわしてみると、少年の知らない場所だった。雪枝先生と顔を合わせづらく、家には帰れない。行くあてはない。途方に暮れた少年はあちこちぶらつき、木陰に入っていつしか眠りこけてしまった。

そして。

「B29がやってきた。こんな田舎に飛んできた理由は知らねえ。落とした焼夷弾《しょういだん》が少なかったんで、都市部に爆撃かけて余ったのを捨てていったのかもしれん。騒ぎに目ぇ覚ましたら日が暮れててよ、夕闇の空にぱっと火花が分裂するんだ。不謹慎だが、俺は祭りが始まったのかと思ってわくわくしたよ」

美しさに見惚《みと》れる繁田少年は、面識のない農家の老人に襟首を掴まれ、防空壕に連れていかれた。ありがたくはあったが、繁田少年が住む近所では、空襲の際に避難する防空壕があらかじめ決められていた。家族や雪枝先生もそこに避難しているはずであり、少年は心配で帰ろうとした。しかし、農家の老人は防空壕から出してくれなかった。何しろ、大人でも空襲は初めての経験だ。空襲が終わって静かになっても、しばらくは息をひそめて隠れていた。

「被害は大したこたなかった。だがな、森覚寺の防風林にも焼夷弾が落ちたんだ。あの日は朝から風が強くてな。夜遅く俺が帰ったら、風に煽られて燃え広がった火が、防風林を赤々と焼いてたよ。したら翌朝に」

そこで繋じいはぎゅっと目を瞑《つむ》った。唇が微かに震えている。

「雪枝先生が、お化けヒノキの下で事切れてたんだ」

りん、と風鈴が鳴った。

座卓の上で指を組む老人は、煩悶するように項垂れている。

「お化けヒノキは少し焦げた程度で助かって、寺にも燃え移らなかった。檜の下に倒れてた雪枝先生は綺麗な死に顔で、一酸化炭素中毒ってやつだったんだろう。あとで聞いた話じゃ、先生はいったん防空壕に逃げ込んで、防風林が火事だって耳にすると、走って出ていっちまったんだと」

「出ていった？」

なぜ雪枝先生は——

大樹が口にするまでもなく、老人が先んじて答えを言った。

「櫛が樹洞《うろ》に隠してあるって、檜の声が聴こえたんだ。俺はお化けヒノキの名前を出さなかった。ただ、草木に訊けと言っただけだ。声が聴こえなきゃ、わかるわけがねえ。櫛が燃えるかもって取りに行ったんだ。俺があの人を殺したんだ」

痛みに耐えるかのように、眉間に苦しげなしわを刻む。

「先生に申し訳なくて、せめてもの償いに、盗んだ櫛、霊前に供えてやりたくてな。何日か経ってお化けヒノキに登ったんだが……樹洞になかった。まわり捜しても見つからねえ。鴉《からす》がくちばしで持っていっちまったのか、どこにもねえんだ。スーパーの倅に幽霊話を聞いたとき、俺はすぐ勘づいた。幽霊は雪枝先生だ。幽霊になって、俺を呪いながら櫛を捜し続けてるんだ」

告白が終わった。

両手を開いて座卓につけた繁じいは、額をそのままこすりつけた。

「嬢ちゃん、頼む。お化けヒノキに櫛の在《あ》り処《か》を訊いてくれねえか。櫛が見つからなくってもいい。櫛がどうなったのか、彷徨ってる雪枝先生に教えてやりてえんだ。頼む」

青葉は応えなかった。微動だにせず目を伏せている。

「アオ、繁じいも困ってるみたいだし、よかったら」

「だって、あの大檜は……もうすぐ……」

青葉は唇をいびつにしている。

「なに？　よく聞こえなかった」

「大樹くん、うるさい。今考えてるの」

難しい顔で青葉は黙考し始めた。

「頼んでるのは俺のほうだ、無理強いはしねえ。じっくり考えてくれ。すまんが、俺はちょっと便所だ」

席を離れかけた繁じいに、座卓に肘をついた茜が腰を浮かせる。

「あっ、アルバムの別のページ、見てもいいですか」

「許可はいらねえよ。正座も崩していいぞ。痺《しび》れてんだろ」

繁じいが居間を出ていき、顔を赤らめた茜は素直に膝を崩してフォトアルバムのページをめくった。手持ち無沙汰《ぶさた》になった大樹も横合いから覗き込む。

その古いアルバムは、老人の歴史が凝縮されていた。繁田少年の成長の過程が記されているほかに、定期的に撮っていたらしい家族写真が貼りつけてある。成人後は家族写真がなくなり、大工の仕事着に身を包む若き繁じいの写真ばかりになった。仏頂面の少年時とは異なり、どの写真も繁じいは笑顔だった。

人物写真の間に挟み込むようにして貼ってあるのは、あすな町の風景を写したものだろうか。白黒だった写真に薄い色がつき、時代が進むにつれ色合いが濃くなっていく。移ろう町の様子、変遷がよくわかる。そして繁じいを中心とした大工仲間の集合写真を最後に、アルバムは唐突に終わっていた。まるで老人と町の歴史が終焉《しゅうえん》を迎えたかのような錯覚に陥った。

部屋を見まわす。小型の食器棚には、埃をかぶった湯飲みが一人暮らしで使いきれないほど数多くあった。壁には蒸気機関車の記念写真が掛けられ、箪笥の上のひび割れたケース内には市松人形が置いてある。ケース横には押し花の入ったフォトスタンドが飾られ、『ゆきゑ』と台紙に署名がしてあった。

この家には、家族の歴史と雪枝先生の思い出の残滓《ざんし》がある。少し胸が疼《うず》いた。繁じいは思い出が残るこの家で、どんな気持ちで日々を過ごしているのだろう。

「ん、んん……」

唸り声をあげたのは茜である。彼女はアルバムを手に立ち上がった。

どうしたのかと見ていると、茜は縁側下に置いてあったサンダルを履いて庭に下りて、細い檜のそばまで行きアルバムを眺めながら後じさりを始めた。檜の下にあった一升瓶を危うく蹴飛ばしそうになり、慌てて足を上げてよろめいている。

「何してんですか」

縁側に出た大樹が怪訝な顔をしていると、茜はアルバムを開いたまま戻ってきた。

「この写真、構図がおかしくないですか？」

「構図？」

在りし日の雪枝先生と学帽をかぶった繁田少年、二人が家を背景に並ぶ写真だ。別に不自然さは感じない。

「なんだ、庭で遊んでんのか」

繁じいが居間に入ってきた。

それに合わせるように、悩んでいた青葉が短く言った。

「やってみる」

○　○　○

薄暮が迫るなか、大樹は軽自動車のハンドルを握っていた。

助手席でシートベルトを締める茜は、胸元で守るようにフォトアルバムを抱えている。どうしても例の写真が気になるらしく、繁じいに頼んで貸してもらったものだ。

後部座席の青葉はいまだ黙して考え込み、横には繁じいが目を閉じて座っている。

「雪枝先生の家って、隣の畑が跡地なんだよね」

大樹が言うと、表情乏しく繁じいは薄目を開けた。

「そうだ。一人娘が亡くなって、家族は居たたまれずに引っ越していった。戦後に周囲の土地ごと買い取って畑にしたのが、今の地主の父親だな。父親は大地主の金持ちで気前のいい男だったんだが、畑を相続したその息子は、業突く張りのクソ野郎だ」

好きだった人の家がなくなった。繁じいもやはり寂しいのか、辛辣な批評をしても若干眉尻が下がっている。

「家で待っててくれてもよかったのに。結果報告するからさ」

「じっとしてられるかよ。寺のババアが苦手で俺も行きたくはねえんだが、まあ半分寝たきりで外に出てこねえだろ」

「和尚さんの母親？　繁じい知ってるんだ」

「寺の娘だからな。今の和尚の父親が物好きでな、あれと結婚して寺継いだんだ。とんでもねえお転婆だぞ。ガキんとき俺に泣かされなかったの、あの寺のババアだけだ」

よく知っている。繁じいの頭のなかには、町の歴史と思い出が詰まっているのだろう。

それきり車内の会話は止まった。運転を続けて県道から枝道へ、防風林の舗道を通り抜ける。森覚寺に到着すると、四人で山門をくぐった。参道を外れて進む。今日のお化けヒノキは哭き声をあげておらず、微風に撫でられ穏やかに揺れていた。

「嬢ちゃん、どうだ」

繁じいに急かされ、青葉は迷うような仕草を見せた。一歩、二歩と近づいて、お化けヒノキに柔らかく触れる。

防風林の木々がざわめいた。

止めた息が苦しくなるほどに、長い時間だった。

青葉が檜から手を離す。そして、力なくかぶりを振った。

「ごめんなさい。やっぱり駄目」

大樹は肺に溜めていた息を吐いた。

繁じいは唇を噛んで地面を見つめ、信じていないはずの茜も残念そうにしていた。

「この子は、もう枯れてしまうから」

小さく言った青葉が梢を仰ぎ、弾かれたように繁じいが顔を上げた。

「こいつが？　枯れるのかよ」

「うん。枯れる植物は苦しんでて話ができない。長くないと思う」

「だってよ、まだ立派に……」

繁じいは愕然《がくぜん》としている。

その可能性も念頭に置いていた大樹は、さほど驚きはしなかった。断言していた梨元の言葉が引っかかっていたからだ。

お化けヒノキの根本に屈む。檜の寿命にはまだ早い。枯れる原因があるはずだ。樹木医ならば本格的に根を掘り返して診断できるのだろうが、素人には。

……これ、なんだろう。

原因とは別のものを見つけた。

根本の樹皮が剝がれた部分だ。四月に見たときより、窪みが深くなっている。窪みとするべきか穴とするべきか、強いて表現するなら穿孔痕《せんこうこん》だ。前回の闇夜ではわからなかった。巨木がこんな小さな穴で枯れるとは思えないが……。

「どうしました？」

茜が前屈みで見下ろしていた。いいえ、と大樹は立ち上がる。

「アオ、まわりにある杉の声が聴こえないか。お化けヒノキにこだわらなくても、当時の記憶を持ってる木があるかも」

「無理だ」

と返したのは繁じいだった。

「今の防風林はほとんどが、戦後何年かして植え直した杉だ。奥まで探せば生き残ったのがあるかもしれねえが、お化けヒノキの近くにある木じゃねえと無意味だろ。な、嬢ちゃんよ、ほんとに枯れるのか。こいつ、ほんとに枯れちまうのかよ」

青葉は無言で顎を引く。

半ば憤るようにしていた繁じいは、沈痛な面持ちで俯いた。

「こいつ、ずっと町を見てきたんだぞ。村だった頃から、この町を見てきたんだ。雪枝先生が俺たちを見守ってるって言ってたのに。それが……」

震える声音を尻すぼみにして、老人がお化けヒノキを離れていく。

「繁じい、どこ行くの」

「帰る」

大樹が車で送ると引き留めたが、歩いて帰ると拒んで聞かない。

「なんだ、珍しい取り合わせだな。おい、繁さんちょっと」

現れた和尚が呼び止めても、繁じいは無視を決め込み大股で歩いていった。去っていく老人の背中から目を戻し、和尚は坊主頭をごりごりと掻いている。

「繁さん、どしたんだい」

答えようがない。

落としどころのない結果に終わった。お化けヒノキが枯れるという。櫛の行方はわからずじまい。茜には植物の声を証明できなかった。惨憺《さんたん》たる結果と言っても過言ではない。

「すいませーん、私たちもいいですか？」

大樹たちが顔を見合わせていると、脳天気な声がかかった。やや距離をあけ、大学生ぐらいの女の子三人組がこちらを見ていた。

「どうぞどうぞ、ゆっくりしていきなさい」

愛想のいい笑顔で和尚が返答し、三人組はデジタルカメラでお化けヒノキと立て札を撮り始めた。拝んでいる子までいる。

「これ、抱きついたりしてもいいんですか？」

「構わないよ。霊力が得られるかもしれないね」

和尚の馬鹿馬鹿しい冗談に、三人組は声をあげて笑い合う。

大樹は青葉を連れて檜の下から移動した。残った和尚は三人組に霊樹とやらの謂《いわ》れをまことしやかに語り始め、茜も一緒になって拝聴している。しばしの間、青葉とその光景を眺めていた。

「お化けヒノキ、治療できないのかな」

「できない」

何気なく訊ねると、青葉はきっぱり否定した。

「病気が治せる子なら、あんなふうに苦しまない。あの檜はただの病気なんじゃなくて、活力がないの。そういう子は絶対に治せない」

物的な裏付けは何もないが、青葉がここまで確言するのであれば、お化けヒノキは枯れてしまうのかもしれない。

ただし、原因の一端らしきものは垣間見えた。

「和尚さん、ちょっと！」

乗りに乗って流暢《りゅうちょう》に語る和尚を大声で呼び寄せた。

「なんだよ、盛り上がってきたところなのに」

「ああいう観光客、よく来るの？　前にも見たけど」

「ブログ効果も大したもんだろ。たくさん来るんだ。おまえさんとこの店だって、一見客増えてないか？　こうやって草の根運動で町おこしを」

呑気《のんき》な和尚が言い終わる前に、大樹は重ねて問い質す。

「いつから？　最近じゃないよね」

「ブログ開設してから増えてきて……。二、三年前だよ。どうかしたのか」

「あれ、まずいよ。お化けヒノキ柵で囲って、近寄れなくしないと」

必ず枯れるという情報を青葉に与えられなければ、容易には閃かなかった。

植物内部にある管の束、維管束を構成しているのは、光合成した養分を運ぶ師管と、地中の水分を根から吸い上げている道管や仮道管という組織である。多くの被子植物が持っているのは道管、檜を含め裸子植物に備わっているのが仮道管であり、両者は構造に大きな違いがあるものの、水分を通導させ個体全体に行き渡らせるのを主要な役割としているのは変わらない。ならば、この道管や仮道管による水分供給を絶つとどうなるか。火を見るより明らかだ。

大人数で継続的に周囲を踏み固めると、土壌の隙間が不足して透水性と通気性が極端に悪くなる。土を圧縮、根が圧迫され、水分の通導が滞るのだ。当然ながら立ち木も光合成のみで生きてはいけず、水分を吸い上げるのがままならなくなれば、新芽の先から細胞を少しずつ壊死《えし》させていく。最後は個体すべての細胞がことごとく死滅。すなわち、植物にとっての死が待っている。

大樹の長々とした解説を、和尚は唖然と聞いていた。

「土踏んづけたぐらいで枯れるのか。もともと土に埋まってるのに」

「砂浜に首だけ出して埋められて、大勢がまわりを踏み固めるみたいなもんだよ。内臓に圧力かかって窒息《ちっそく》するでしょう。下手すると踏まれて根が傷んでるのかも」

充分にありうる話だ。

最悪、根が腐って倒木する危険もある。

「この前の梨元さん、枯れそうなの本気で見抜いてたんだよ」

「まいったな……。近寄れなくすればいいのか」

「もうひとつ。幽霊はどうなった？」

和尚が片眉を歪ませる。

「まだ言ってんのか。出ないっての」

「幽霊じゃなくてもいいけどさ。かりかり音がするっていうのは」

「近頃は平和なもんだ。野良犬かなんかだったんだろ」

とりあえずロープで囲いを、と急き立てられるように和尚が庫裏へ戻っていく。

和尚が消え、はやばやと打ち解けて三人組と雑談に興じる茜を見ていると、こちらに向けられる青葉の眼差しに気がついた。

「梨元さんって誰？」

その目には、わずかに期待が込められている。

「檜を買い付けにきた業者の人」

「どんな人？」

「スーツ着た黒縁眼鏡の人。和尚さんに手ひどくやられてたから、もう来ないんじゃないのかな。言っとくけど、植物の声が聴こえる人じゃないよ」

経験上と言っていたからには、職業柄、眼識があるのだろう。

「だけど、見た目は枯れてないのに」

「樹勢っていうのがあるんだよ。見る人が見ればわかるんだろ？」

青葉は少しがっかりしている。

さて、お化けヒノキが枯れゆく事実はわかった。原因らしきものも、漠然とではあるが判明した。それ以外にも判明したことがある。幽霊の正体だ。

大樹はお化けヒノキの根本に目をやった。

根本にある小さな窪み。削り出そうとしたような痕跡がある。人為的なものであるとして間違いなかろう。

木を引っかくような音とは、獣が歯や爪を立てていたのではなかった。もちろん、幽霊が櫛を捜していたのでもない。れっきとした人間の仕業であり、梅川兄妹を追いかけたのではなく、檜の根本を細い刃物で削っていたところを和尚に見つかり、慌てて防風林に逃げ去ったのだ。

しかし、目的がわからない。

その人物は檜に穴を開け、いったい何をやろうとしていたのだろうか。

○　○　○

お化けヒノキは小さな穴を穿たれていた。

音がしなくなったということは、目的はすでに達成されたと見るべきか。放置してはならないようにも思えるが、実害はなく、今さら犯人の特定をするのは困難だった。

櫛の探索も頓挫したままで終わっている。ひどく落ち込んでいた繋じいを思い出すとやりきれず、なんとも中途半端な形での幕切れだった。

翌日の正午過ぎ。落ち着かない気分で配達を終えた大樹が店に戻ると、レジカウンターで雑誌を読みふけっていた母に呼び止められた。

「さっき、あんたにお客さんが来てたけど」

「誰だよ」

「さあ？　お父さんが話してたから」

完全復帰を果たした竹治は、培養土棚の前で農作業着の男性と談笑している。

「また来るそうだから待ってたら。待ちながらでいいから、あんたこれ選んどいて」

読んでいた雑誌を渡してくる。

雑誌ではなくカタログだった。分厚い什器カタログだ。

「外に出してる展示用の什器、接着剤で直してあるだけでしょう。買わないと」

「予算は」

「なるべく安いので」

「安物だとすぐ壊れるんじゃないの」

と、こぼしながらカタログを受け取った。

母は昼食をとるために席を外し、代役でレジカウンターに立った大樹は、什器カタログをのんびりとめくっていく。

いざ選び始めてみると悩ましかった。簡素な金属製なら安価なものが散見されるが、園芸店の雰囲気に沿う木製で、しかも壊れた什器と似た形状となると値が張って選びづらい。これはというものを見つけたかと思えば、サイズが合わずしっくりこない。製作依頼の文字もあったが、さすがにオーダーメイドは高くつく。

そうやって、終わらない什器の選別をしていたときである。

「ああ、よかった。先ほどもお伺いしたのですが、いらっしゃらなくて」

意外な人物が入店してきた。

「少し、お時間をいただいても？」

広い額と黒縁眼鏡が特徴的な、スーツ姿の梨元だった。

「お忙しいところを申し訳ありません」

勧められた商談用のテーブルに着き、梨元は緊張気味に身を固くしていた。胸にビジネスバッグを抱きしめている。

「忙しくはないんですが……」

父は農作業着の男性とまだ談笑をしている。店内には、ほかに客の姿が見当たらなかった。外の鉢物を冷やかしている客はいるが、目的買いでの来店ではなさそうだ。

「構いませんよ」

と言った大樹に、梨元はいたく低姿勢で切り出した。

「ドリアードさんが、その、相談役ということで伺ったのですが」

そんなところだろうとは予想していた。

「相談役じゃないです。あの人、でたらめ言っただけですよ」

「あ、そうなんですか……」

肩を下げて息を吐き出し、梨元は抱きしめていたビジネスバッグをテーブルに置いた。手にした白いハンカチで、丸い額の汗を叩くように拭う。

「ですが、親しい間柄だとはお見受けしました。その後どうなったのか、教えていただくわけには」

嫌われてしまっているようですので、と付け加える。

診断の結果を知りたいということだ。

「枯れつつあるというのは間違いないみたいです」

隠すようなことでもない。大樹が他意なく教えると、梨元は上唇と下唇を口のなかに巻き込んだ。この人の生業からすれば好ましい診断結果だろうに、なぜだろう、口惜しげな所作に見えた。

「ただ、診せた相手というのが本物の樹木医でもないですから。樹木医に治療を依頼するかは、和尚さんに訊いてみないと」

「そうですか」

いったん呼吸を挟み、控えめな声遣いで梨元が言う。

「そのう……。個人的な見解ではありますが、依頼されても難しいかと思います」

個人的見解だとしながらも、心なしか自信ありげだ。

「もしかして梨元さん、そういう勉強を?」

「いえいえいえ、まるで素人ですよ。下手の横好きとでも申しましょうか」

そこまで言って口を閉じる。

大樹が目顔で促すと、梨元はビジネスバッグに手をかけ、思い直したのか手を戻した。逡巡の末、ふたたびビジネスバッグに手を伸ばす。取り出したスマートフォンを操作して、液晶画面をこちらに向けてくる。

「こんなウェブサイトがありまして」

「ええと、『森に棲《す》む巨人たち』」

画面に表示されている文字を大樹が読んだ途端、梨元は慌ただしくスマートフォンを胸元に隠した。

「よ、読まないでください。声を出さずに」

「今のは」

「恥ずかしながら、個人的に管理しているサイトです。仕事とは関係なく、実に個人的です、はい。お寺に伺ったのも、個人的な考えからでして」

個人的が多い。

URLを教えてもらい、大樹は自分のスマートフォンに打ち込んでみた。

それは、各地の巨樹、巨木を訪ねて調査した軌跡だった。天然記念物に指定された神木などもあるが、指定から外れた巨木はとりわけ詳細なレポートが載り、何枚もの画像が掲示されている。

「もともとは山歩きが趣味だったんですが、それが高じて巨木の魅力に取り憑《つ》かれまして。休日に日本全国津々浦々の巨木を訪ね歩いては、レポートと画像をアップしています」

「じゃ、森覚寺のお化けヒノキも」

「はい。ある掲示板で噂に上がっていたのを興味本位で。驚きました。天然記念物指定されていないのが不思議なほど見事な檜で、……枯れつつあるというのも、一見して。今までいくつもの巨木を見て参りました。なかには枯れそうなものもありまして、そこから回復したものも、回復できずに枯れていったものもあります」

先の言葉は聞かずともおのずと知れた。経験により培った慧眼《けいがん》で、お化けヒノキに回復の見込みなしと看破している、ということだ。

「だからこそ、形を残してあげたいんです。木は伐採されても生きてるんですよ。檜は建材にしたとしても、二百年は強度を保つどころか、さらに強く逞しくなっていきます。伐採とは木を殺すことではありません。木に新しい命を吹き込む行為なんです。檜の花言葉は、不老、不死、不滅なんです。伐採が即、死ではないと思うんです。もちろん切らずに済むのなら、それに越したことはありません。しかし、枯れてしまうのならいっそ」

梨元の演説が続く。

熱い語り口を大樹がまじまじと見ていると、我に返った梨元の頬が赤く染まった。

「すみません。つい興奮してしまって」

気忙《きぜわ》しく額の汗を拭き取っている。

「実を申しますと、弊社は……うちの会社が材木問屋だったのは過去の話で、今は住宅販売が主なんです。建材を取り扱うといっても別の部署でして、先日は私用でこの辺りに来ているのが露見して上司にこっぴどく叱られたと申しますか、はい。外回りでも森覚寺さんを訪問するのが厳しくなり……」

「いいですよ。いよいよ回復が難しいとなったら、和尚さんに俺から話してみます。梨元さん、お寺には顔が出しづらいでしょうから」

「ありがとうございます。そうしていただけると、はい」

ぺこぺこと梨元は頭を下げる。

帰り際には安手のアレンジバスケットを購入して、「失礼します」と出ていった。やっつけで手に取ったのが丸わかりだったので、必要があったのでも衝動買いでもないだろう。

バスケットを不器用に持つ梨元を見送り、大樹はスマートフォンに指を這わせた。巨大な樹木を巡った記録。世の中には、いろいろな趣味の人間がいるものだ。奇特ではない。青葉に通ずるものがある。梨元の口振りにもこのサイトにも、木々に対するほのかな愛情が感じられた。

ウェブサイトには巨木の分布図も載っていれば、高樹齢の巨木に関するエッセイも綴られている。暇があればじっくりと読んでみたい。また、何者かの手によって故意に枯れさせられた神木の特別コラムがあり、詳細な手口の紹介とともに注意喚起がなされている。数年前実際に頻発した事件だ。

ほかには朽ちた樹木の画像一覧があった。画像下に説明文が載っている。台風による倒壊、海水に浸かった原因による枯死、虫害によるもの、原因不明とされているもの。根本が腐朽してきたため伐採され、挿し木にして新たに育て直している神社の取り組みも記載されていた。

――挿し木。

目を眇めた。何か引っかかった。

「大樹さん！」

突如として飛び込んできた声と茜に、肩を跳ね上げてスマートフォンを取り落とす。

「びっくりした……。あれ、茜さん大学は」

今日は金曜日、平日の真っ昼間である。

「自主休講です！　そんなことより」

茜がフォトアルバムを広げ、興奮気味に見せつけてくる。繁じいのアルバム、雪枝先生と繁田少年の写真だった。

「遊んでると、あとで単位落として泣きますよ。この写真がどうかしたんですか？」

「やっとわかったんです！　繁田さんちの庭、庭木があったじゃないですか。この構図だと、あの木が邪魔で写真が撮れないんですよ！」

「へえ」

素晴らしく重大な発見をしたかのように叫ばれても困る。

「ならあの檜、この写真を撮ったときは植えてなかったんですね。そんなに育ってなかったし、昔の写真だからおかしくないかな」

「や、そんなあらためて冷静に言われると、まあそうなんですが……」

勢いをなくした茜が一気に萎《しぼ》む。

「青葉ちゃんのお姉さん、また来たのかい。元気いいね」

そう言って笑ったのは竹治だった。客との商談はとっくに終えていたらしい。

「あ、はい。こんにちは。騒がしいですか」

「繁田さんのところの檜の話？　あれ、そろそろ切っちゃったほうがいいな」

「なんで切るの」

訊いた大樹に、父の口調が不肖の息子向けにぞんざいなものになる。

「なんでっておまえ、でかくなりすぎたら危ないだろ。ありゃ挿し木から育てたもんだ。何年前だったかな、繁田さんに檜も挿し木ができるって教えたんだよ。うちで発根剤買っていったから、たぶんあの檜だろ」

「挿し木……」

引っかかっていたピースがかちりと嵌まる音がした。

「そうか、挿し木だ。あの檜、挿し木なんだ！」


繁じいの自宅に向かったのは、店を閉めたすぐあとだった。

「いまいち理解できてないんですけど……。挿し木だと、なぜ危ないんですか。ねえアオちゃん、わかる？」

「わかんない」

助手席でフォトアルバムを抱える茜は一度稲宮に帰り、ドリアードの閉店時間に合わせてあすな町に戻ってきた。植物の声に関わることのため父や母には聞かせられず、後部座席に座る青葉にもまだ事情を話していない。

「挿し木は真下に根が生えないんですよ。横に伸びる根っこだけだと地中に浅くしか根が張れないから、強風で倒れる危険性があるんです。けど、それで繁じいの家に行くんじゃなくて……」

大樹は逸《はや》る気持ちを抑えつつ、薄暗い隘路にハンドルを握る。

「雪枝先生は、蓮華草とお化けヒノキが好きだったんです。檜が好きなんじゃなくて、

「お化けヒノキが」

「お化けヒノキが好きだと……どうなるんですか」

「繁じいの庭に生えていた檜の下には、蓮華草と一升瓶が供えてあった。おそらくあの檜は、お化けヒノキの枝を持ってきて挿し木にしたものなんですよ。だからです」

茜はそれでも不満そうだった。

「もうっ。大樹さん、出し惜しみしないで。気になるじゃないですか」

「植物には記憶力があるんです。過去数ヶ月の気温情報を蓄積して開花時期の調整に使ってるし、外部の環境――過酷な環境だとか、土壌が肥沃《ひよく》で生きやすい環境だとか、そういう情報を遺伝子に落とし込む形で記憶して、次世代に伝搬してるんです。株分けしても、挿し木にしても、おおもとの環境情報を記憶してるみたいなんですよ」

当て推量でしかなく、この先はあえて口にしないが、あながち的外れでもないはずだ。

青葉が轢き逃げ犯を特定してみせたのは、欅や蓮華草がまわりの情報を記憶していたからにほかならない。では、親木から切り離した挿し木はどういった記憶を保持しているのか。もしも親木の育った環境情報、周囲の出来事、過去の記憶までをも挿し木が受け継いでいるのだとしたら――。

茜は依然首を捻り、バックミラーに映る青葉も意味を呑み込めていないようだ。

「とにかく、行ってみましょう」

大樹はアクセルを踏み込んだ。

民家の間を道なりに進んで偽畑に着くと、車を路肩に停めて繁じいの自宅正面にまわった。引き戸を拳で何度も叩く。

「草壁です！　繁じい、開けて！」

　真っ暗だった玄関に灯りがともり、捻締《ねじしま》り錠が外される。

「やっかましいな……。なんだ、三人揃ってかちこみかよ」

　引き戸を開けた生気のない繁じいを押しやり、大樹は背中越しに「靴を」と指示を飛ばした。脱いだ靴を手に三人で上がり込む。

「おい、何の用だ」

　追いすがってきた老人に、大樹は歩きながら目を向けた。

「庭の檜って、お化けヒノキの枝を挿し木にしたんだよね」

「あ、ああそうだが。だからなんだ」

　どんぴしゃり。当たりだ。

　理由《わけ》も話さず、居間に入ってガムテープの貼られたガラス戸を開けた。庭に佇立《ちょりつ》する檜の下には、萎れた蓮華草と一升瓶が居間の灯りに照らされている。

「雪枝先生の家の庭にも檜が植えてあってな、そいつを真似したんだ。お化けヒノキから挿し穂持ってきてよ。供養もあるんだが、懐かしくってな」

　繁じいの懐古談に合わせ、そよ風に吹かれた檜の葉が儚く揺れる。靴を落として、三人で庭に下り立った。繁じいもサンダルを履く。

「おい花屋の倅、どうしようってんだ」

「アオ、訊いてみてくれないか。この檜、お化けヒノキが元気だった頃の記憶を持ってるんじゃないかと思うんだ」

「そうなのか？」

　老人の反応は薄い。表情には諦観が色濃く見えた。

　青葉は自信なげである。

「夜は寝てるかもしれないよ？」

「やってみてもいいだろ。無理なら明日また来てみよう」

　頷いた大樹を合図にして、青葉が檜に一歩踏み出す。細い檜に手を触れた。

　少し離れ、大樹は固唾《かたず》を呑んで見守った。繁じいは呆《ほう》けたようにぼんやりと立ち尽くし、茜は食い入るように見つめている。

「女の子が……」

　青葉が呟き、振り返った。

「櫛なのかは知らない。ぐしゃぐしゃっとしたものを、よじ登ってきた子が持っていった。子供なのかな、きゃあきゃあ喚いてる小さな女の子」

「女の子って、誰だ」

繁じいが問いかけても、青葉は首を横に振るのみだった。檜の声が聴けたのは一歩前進だが、相変わらずの不明瞭ぶりである。

「ぐしゃぐしゃって、もしかして新聞紙？　確か、丸めた新聞紙に櫛を……」

顎に手を置き、大樹が推測を口にする。

と、茜が「はい！」と手を挙げた。

「女の子！　繁田さん、お寺の娘さんがとんでもないお転婆だって言ってましたよね？　それに和尚さん、お母さんが檜の樹洞《うろ》を見たことあるって」

「あ、あああっ……」

肩を震わせる繁じいが大声を放つ。

「あんの糞ババアかよ！」

寺に乗り込もうとする繁じいを、「電話電話、電話かけるから」と大樹は押しとどめた。スマートフォンを立ち上げ、電話帳から仕事用に記録してある番号を選択する。

「森覚寺でございます」

電話口には奥方が出た。名乗って和尚に取り次いでもらう。

「おうター坊、どうかしたか」

「藪《やぶ》から棒にごめん。お婆さんと話せない？　もう寝ちゃってる？」

意気込む大樹とは反対に、和尚の声音は悠然としていた。

「ほんっとに藪から棒だな。うちの婆さんか？　用件は」

「確かめたいことあるんだよ。和尚さんでもいいから、訊いてもらえない？」

「ようわからんが、なに訊けばいいんだ」

「戦時中の話。昔お化けヒノキに登って、樹洞にあった櫛を持っていかなかったか」

「そんな大昔の話、急にどうしたんだよ。どうだろな……」

保留音になった。しばらくして繋がる。

「ちょい待ってろよ」

廊下を進んでいるのか衣擦《きぬず》れが聞こえる。子機に切り替えたようだ。障子を開ける音に続いて、くぐもった微かな声がした。何か話をしている。

待つこと数分、和尚の濁声が返ってきた。

「持っていったってよ。先生に頼まれて、櫛を取ってきたんだと」

「雪枝先生か！」

耳をそばだてていた繁じいが、漏れ聞こえた和尚の言葉に声をあげた。

「和尚さん、それ雪枝先生？　櫛、先生に返したんだよね」

「みたいだな。その雪枝先生って人に渡したそうだ。埋めたらしいぞ？」

「どこに埋めたの」

「さて……」

数秒、間が空く。

「知らねえって。先生が埋めるって言ってたんだとさ」

「そう、わかった。ありがと」

礼を言って電話を切った。

和尚に聞いた話を伝えると、気抜けしたように繋じいは縁側に腰を下ろした。

「じゃあ、先生はお化けヒノキの声を聴いて……櫛を見つけてた、のかよ」

「でも、肝心の櫛はどこに……」

茜は檜を撫でながら、物思いにふけっている。

雪枝先生の手に渡っているのなら解決には違いないが、櫛の在り処まではいかんともしがたく、欲していたものが別物だったような据わりの悪さは否めない。

どこからか、ため息が漏れた。

が、青葉は一人、庭のブロック塀を見据えていた。聞き取れないほどの小声で囁く。

「わたし、わかったかも」

彼女は縁側に上がり、靴を持って居間を出ていく。

「ちょっと、アオちゃん?」

「アオ、どこ行くんだ」

茜と一緒にあとを追った。何事かと繁じいもついてくる。

青葉は玄関から外に出て、裏の偽畑にまわり込んだ。ためらいもせず畑を踏みしめ、居並ぶ作物の前で足を止めた。作付けされたほうれん草を指さしている。

「このほうれん草、根っこが伸ばせなくて困ってる。きっと土のなかに何か埋まってて、邪魔されてるんだと思う」

大樹も思い出す。そういえば青葉が言っていた。土がおかしいのではないかと。畑のほうれん草が困っていると。

加えて、梨元が言っていた檜の花言葉も思い出す。不老、不死、不滅。

「繁じい、庭の檜って、雪枝先生の家にあったものを真似たんだよね。ちょうどここが庭の辺りで、檜が立ってたんじゃない？」

「そこまでは覚えてねえが……、ここに埋まってるのかよ」

掘って確かめてみるしかない。

〇　〇　〇

明けて土曜日、青葉はドリアードのアルバイトを休んだ。大樹も父や母に無理を言って半休を取りつけ、偽畑に向かっていた。代償に一ヶ月間の仕入れ発注を押しつけられてしまったが、柊姉妹との約束を反故《ほご》にはできない。多少の労働は甘んじて受け入れよう。

「大樹さん遅いですよ！」

軽自動車を路上に停めると、畑にいる茜が体を伸ばして手を振ってきた。非難しているが口元には笑みがあり、振り上げた軍手を嵌める手に雑草を摑んでいる。

「腰痛くなってきた……」

畑の一角では、杏平がしゃがんで弱音を吐いている。近くにいる繁じいは脇目も振らず草むしりに励み、首筋に汗を滲ませる和尚と菅原の顔もあった。

「じゃ、やりますか」

首にタオルを巻きつけ、大樹も農作業に参加する。

畑で捜し物をしたいと交渉した繁じいに、吝嗇《りんしょく》家だという地主が提示した条件はただひとつ。畑の草むしりをすること。

いきり立った繁じいは茜が宥めて事なきを得、協力者を募っての農作業だった。畑の脇には雑草廃棄用のごみ袋が備えられ、地主から「好きにしろ」と許可が出されている数列のほうれん草は、いち早く収穫され繁じい宅の台所に持ち込まれている。

「懐かしいねえ。昔は農家のおっさんに駄賃もらって、草取りやったもんだよ」

手伝わされている菅原に異存はないようだ。

「たまには体動かすのも気持ちいいな。たまにはだが」

農作業着姿の和尚にも笑みが見える。

昼下がりの畑には笑顔が多く、流される汗が清々《すがすが》しい。

とはいえ、生花店の仕事に慣れている大樹にも根気のいる作業だった。軍手を嵌めた手で土をいじり、根を残さないよう雑草を引き抜いていく。初夏に向かっている春の陽射しが降り注ぎ、木陰もない広い畑には陽炎《かげろう》が立ち昇っていた。熱中しているうちに、額に浮き出た玉のような汗が頬を伝い、顎から滝のように滴り落ちていく。

草むしりには、大樹の到着後二時間ほどを要した。

あらかた終わり、杏平が最後の雑草をごみ袋に放り込む。

「なんでオレがこんな目に……」

「おまえの歓迎会だろ！」

ぼやく杏平の尻を、歩み寄ってきた姐御が蹴り上げた。塞がった両手に大型のトレイを持っている。傍らには買い物袋を提げる青葉もいた。

「ほらよ、できたぞ。ほうれん草料理ばっかだけどな」

トレイには、湯気を立てるいくつかの料理が乗せられていた。畑の上にレジャーシートが三枚敷かれ、ほうれん草料理が並べられていく。台所と数回往復しなければならないほど多量にあった。

「こいつは去年漬けたもんだ。酒が飲めねえやつにはジュースもあるぞ」

次いで、繁じいが五リットルはある大瓶をシートに置いた。なかには梅酒がなみなみと入っており、青葉が提げていた買い物袋からは紙コップと清涼飲料水のペットボトルが出てきた。繁じいによる差し入れだ。

「お、胡麻和えがあるな。俺好きなんだよ」

さっそく菅原が箸を伸ばす。

「ほう、こりゃ旨いな」

和尚もほうれん草の豚肉巻きを堪能している。

「姐御の包丁さばき、すごい」

褒めた青葉の髪を、照れる姐御が柔らかく撫でまわす。共同で台所に立ったおかげか、もう仲良くなったらしい。

「花嫁修業してっからな。どうよ、アタシの腕前」

「オレはこのピザみたいなのを」

「それキッシュだ。あほたれは食うな」

姐御に皿を取り上げられ、杏平が情けない顔をしている。

大樹も包み揚げを箸でつまんだ。しゃっきりした歯ごたえのほうれん草に、ベーコンの香ばしさがほどよく合っている。ぽん酢がかけられており、さっぱりとしていた。

「茜さんは手伝わなかったんですか？」

妹を台所に差し向け、姉は草むしりに精を出していた。茜の手料理が食べられないのを残念に思って訊いてみると、隣でほうれん草のチーズコロッケを口に運んでいた彼女の挙動がぎこちなく停止した。

「その人、料理まったくできない」

ぼそりと青葉がそう言った。

茜はあたふたと言い訳を始める。

「今は勉強中なんです！　これからですこれから」

「空にしてくれていいからよ。どんどん飲んでくれ」

繁じいは労をねぎらい、梅酒を注《つ》いでまわっている。

「オレにも。繁じい、オレにもちょうだい」

杏平が紙コップを差し出し、姐御が乱雑に払いのけた。

「おまえは飲むな。アタシを車で送ってくんだろうが」

「歩きだよオレ。車はオヤジに取り上げられてるって」

「だったら、今からスーパーに突撃して取り戻してこい」

姐御は絡み酒だ。杏平が哀れになってくる。

「拭くものないかい。これ、手がべたついてよ」

手摑みでキッシュを頰張っている和尚が座を見まわしている。

大樹は腰を上げた。

「ウェットティッシュ持ってくるよ」

路肩に停めてある軽自動車に足を運び、グローブボックスをまさぐった。小型の容器を手にしたところで、「大樹さん」と小声で呼びかけられた。

「いいですよね、こういうの」

後ろ手を組んで車内を覗いていた茜は、柔和な眼差しを畑に向ける。

「働いたあとにみんなで食べて騒いで、楽しくなってきちゃう」

「和尚さんとか姐御とか、四六時中あんな感じですよ」

ドアを閉めた大樹もレジャーシートに目をやった。

配達が残っているはずの菅原は梅酒を痛飲し、和尚は次から次へとほうれん草料理に手をつけている。姐御は青葉の首に腕をまわし、酒の肴《さかな》に杏平をからかって遊んでいる。

「櫛、埋まってるんでしょうか」

前置きなしで言った茜の眉宇《びう》には、淡い翳りが射しているように見えた。

「あの子、本当に植物の声が聴こえてるのかな……」

「明確な声ではないらしいですね」

　大樹は二通りの仮説を茜に語った。優れた記憶力と洞察力によって、無意識下で声として変換しているのではないかという説。そして、生物由来揮発性有機物《BVOC》を識別する才能があるのではないかという説を。

「二つを複合したものかもしれません」

「それは科学的な考察？」

「まさか、非科学的です。ただ、そんな大げさに捉えることないんじゃないかと。本人も他人に漏らしてはいけないって、自覚あるみたいですから」

　青葉自身が納得しているのなら、まわりがとやかく言う必要はない。大樹はそう結論付けていた。

　畑のシートに座る青葉は、アルコールの入った姐御に抱きすくめられている。すっかりお気に入りだ。青葉は迷惑そうにしているが、口元は綻《ほころ》んでいる。

「そっか。いつまでも……子供じゃないですもんね」

　独り言のような台詞を残し、茜は畑に戻っていった。妹を取り戻さんと背後から抱きしめ、間髪を入れず青葉に振りほどかれている。

　絶えない笑い声。騒がしくも和やかな畑の宴。

　大樹はふと、虚しさを覚えた。

楽しい時間はいずれ終わる。お化けヒノキは枯れ、町も人も変わってゆく。いつしかこの時間も光景も、失われてしまうのだろう。

和尚はお勤めがあるそうで先に抜け、仕事を残している菅原も抜けていった。一人減り二人減り、畑の小宴会は三々五々解散となった。

畑に残ったのは目的のある大樹たち、そして帰り際の姐御と杏平である。

「なんならアタシらも片付けるけど、いいのか」

姐御が目を向けた宴会場跡地のシートでは、青葉と繋じいが座って話し込んでいる。ひそやかに囁き合っているところを見るに、植物の声についての話だろう。人が減った畑には夕闇が迫り、祭りのあと特有の寂寥《せきりょう》感が尾を引いていた。

陽が沈むまで間がない。大樹はやんわり断った。

「いいよ、草むしり手伝ってもらったんだから」

「おまえがいいってんなら帰るけどよ。野良仕事して歓迎会ってのがわけわからんかったが、ま、面白い趣向だった。じゃあな大樹、青葉の姉ちゃんも」

姐御はからりと笑い手を振って、杏平を引っ張り帰っていった。

二人が道路の端に消えると、大樹と茜は頷き合った。乗ってきた軽自動車のトランクから鉄製のシャベルを持ち出す。

「明るいうちに始めようか」

　シャベルを担ぎ、青葉と繁じいを誘った。

　目標地点には小枝を立てて目印がつけてある。大樹は畑にシャベルを突き刺して、足の裏で力を入れて押し込んだ。土が柔らかく、抵抗なくすんなり入った。

　そう深くはないはずだ。慎重に掘り進め、土を掬《すく》っていく。

　五〇センチほど畑を掘ると、シャベルに引っかかりがあった。土をほぐす。目当ての櫛ではなかった。土のなかに見えたのは、腐った木の根だった。

「それ、檜の根っこじゃねえか？　引き抜いた檜の根が残ってたんだ」

　繁じいは不安そうにしている。大樹も見誤ったのかと片目を細めた。ほうれん草の根端が探知した地中の異物とは、木の根だったのだろうか。

「もう少し深く」

　嫌な空気を振り払い、シャベルで探索範囲を掘り広げた。ひたすら掘り進め、繰り返し繰り返し土を掬う。空が暗くなってきた。懸命に掘り続ける。

　そのうち、かつんと手に振動が伝わった。何かある。素手で土を崩していく。黒いものが見えた。まわりの土塊を丁寧によける。

　出てきたのは、漆塗りの黒い小箱だった。

　こびりついた土を払った表面には、色褪せた金色の花模様が描かれている。ほとんど重さを感じない。櫛が入っているらしき音もしない。

「繁じい、これ」

土にまみれた小箱が手渡されると、繁じいは恐る恐る蓋を開けた。

「あっ、ああ……」

土の畑にひざまずく。

「こいつだ。これが先生の櫛だ……」

漆塗りの小箱のなかには新聞紙が敷き詰められ、黒みがかった茶色い櫛と笄《こうがい》が収まっていた。螺鈿《らでん》で施された大菊と紅葉の絵柄が美しい。

柊姉妹が微笑を交わし、老人は目元を手の甲で拭う。

「この櫛、俺がもらってもいいのか」

「高価なものでもないみたいだし、いいんじゃないのかな」

埋蔵物は地主にも権利はあるが、ここで法律を出すのは無粋というものだ。繁じいの手に渡るのであれば、草葉の陰で雪枝先生も喜ぶに違いない。

「先生の遺骨、家族が持っていっちまって、墓がどこにあるのか俺知らねえんだ。和尚に頼んで供養してもらう」

赤く目を腫らした繁じいは、鼈甲の櫛を親指で撫でている。

「しかしよ、なんでまたこんなところに。いつ埋めたんだ」

「これは想像でしかないんだけど」

と断ったうえで大樹は言う。

「繁じいが隠したのを知った先生は、泣いてばかりじゃいけないって反省して、その日のうちに庭にあった檜の下に櫛を埋めた。檜の花言葉は、不老、不死、不滅だそうだから、贈り物の櫛を形見に見立てて、檜を墓標にしたんだと思う」

それは、自らの想いを封じる墓標でもあったのだろう。

「だったら、先生がお化けヒノキの下に倒れてたのは」

「空襲があった時点で、櫛は庭に埋められていた。先生は櫛を捜しに森覚寺へ行ったわけじゃないんだよ。火が燃え移りそうな、お化けヒノキの助けを求める声が聴こえたんだろうね。急いで行ってみても火の勢いが激しくて、右往左往しているうちに煙に巻かれた。先生が亡くなったのは、繁じいのせいじゃない」

「なんだよ、なんでだよ。お化けヒノキは無事だったってのに」

しわだらけの老人の顔に、いっそう深いしわが刻まれくしゃりと歪む。

「たかが木だろうが。櫛が原因でもなけりゃ、なおさら諦めきれねえよ。命あっての物種だろうが。俺がいたら先生殴ってでも止めたのに。くそう、ちくしょう……」

繁じいは目を潤ませ、喉の奥から嗄《しゃが》れ声を吐き出した。

しゃくり上げた老人がとめどなく流すもの。赦《ゆる》しを乞う贖罪《しょくざい》の涙ではない。初恋の女《ひと》を止められなかった後悔の涙。闇の帳が下りようとしている畑のなかで、老人はいつまでも嗚咽《おえつ》を漏らし続けていた。

畑のレジャーシートを片付け、大樹は県道に軽自動車を走らせていた。気分爽快とはいかず、車内には沁み入るような静けさがあった。助手席の茜は口をつぐんだまま、後方に流れるあすな町の風景を眺めている。

だが、バックミラーに映る青葉はひっそりと笑っていた。余ったほうれん草入りの段ボール箱を膝に置いている。

「なに笑ってんの」

青葉は小さく吹き出した。

「檜の花言葉って不老、不死、不滅なんだね。花言葉覚えたりしてるの？　大樹くん意外と少女趣味」

「空気読めない子だね。教えてもらったんだよ、梨元さんって人に」

「また梨元さんだ。どんな人なの。騙して檜を安く買おうとしてるのかも」

「眉が太くておでこの広い、巨木巡りが趣味の人だよ。高樹齢の木が好きな人でさ、騙そうとしてるんじゃないって」

「正直な人？　繋じいに嘘ついた大樹くんと違って」

会話の流れに紛らせるように、青葉はさらりとそう言った。

車内は一転して静かになった。車のタイヤがアスファルトの路面を滑らかに進み、車体が風を切り裂く音が耳につく。

「アオちゃん、今なんて？」

茜が沈黙を破る。バックミラーの青葉は、ひどく冷徹な瞳をしていた。

「大樹くんの話は、雪枝先生が植物の声を聴ける人だったのが前提」

「え、聴ける人じゃないの？」

大樹はブレーキを軽く踏んで速度を落とした。肩をすぼめて路側帯に車を寄せる。後方から走ってきた乗用車をやり過ごし、ハザードランプを点滅させた。

「嘘ついたんじゃないよ。俺が言ったのだって、可能性のひとつだろ」

「どういうことですか」

半身を傾け見つめてくる茜、青葉は後部座席で黙りこくっている。動かない二人に根負けして、大樹は飲みかけのペットボトルを手に取った。

「雪枝先生の言う植物の声が、乱暴な少年に対する単純な戒めだったと仮定して……」

車内灯を点灯させ、ペットボトルのキャップを外す。角度を調節して飲み口に息を吹き込むと、物悲しげな低音が車内に響いた。

「お化けヒノキの樹洞《うろ》が鳴るのは、これと似た原理。東南アジアにはスナリっていう風笛があって、風が吹くたびに穴を開けられた竹林から人が嘆くような音がする。それも似たようなものです」

風の流れが空洞によって乱流となり、渦列を作って音が生じる。なんてことのない物理現象、カルマン渦である。

「じゃあ、この穴を塞ぐとどうなるか」

「音がしなくなり……ますよね」

「空襲があった日は、朝から風が強くて火が燃え広がったと繁じいが言ってました。強風が吹いていて、樹洞には丸めた新聞紙が詰め込まれていた」

「あ……」

思い至った茜が言葉を失う。

強風に哭かないお化けヒノキと繁田少年の物言い。雪枝先生はその二点を絡め、櫛の所在に当たりをつけたのではないだろうか。

発見された櫛は庭に埋められ、同日夜、焼夷弾が落ちた防風林に火災が発生した。そして家を飛び出した繁田少年には櫛が回収された事実が伝わっておらず、なおかつ本来避難すべき防空壕に少年はいなかった。

「真逆だったのかもしれません。雪枝先生は、繁じいが櫛を取りに森覚寺へ行ったと考えたのかも」

　雪枝先生が植物の声が聴こえる前提にしなければ、いささか都合が悪かった。防風林が燃え盛るなか、先生が危険を冒してでもお化けヒノキに向かった動機を説明できなくなってしまう。繁じいが原因にはしたくなかった。

「じゃあ雪枝先生は、繁田さんを捜して……」

「正しい答えは出ませんよ」

　植物の声の仮説然《しか》り、杏平が起こした交通事故然り。物事にはいくつもの見方があって、解答がひとつとは限らないし、二つの解答がまったくの別物とも限らない。七十年以上昔の事件だ。真相の究明に拘泥したところで、過ぎ去った出来事はどうやっても覆せない。であるのなら、より希望に満ちた選択をしたかった。

「大樹くんは、あれでよかったと思う？」

　段ボール箱を抱える青葉は、ほうれん草に目を落としている。

「だと思う」

　少なくとも老人は、欠けていた心の拠り所を取り戻したのだから。

〈6〉枯れゆく檜

「おらよ、踏ん張れ」

夕刻のドリアード前に、青い軽トラックが停められている。荷台に乗る繁じいから木製の什器が手渡され、大樹は腰を入れて抱え持った。

「あたしこっち持ちます」

隣の茜も手伝ってくれた。そう重くはないが、大型で下ろすのに苦労する。

「作りたてだ。落としたら承知しねえぞ」

繁じいに叱咤《しった》され、抱えた什器を水平にした。茜と互いに両側を持ち、傷つけないようゆっくりと歩道に下ろす。

「次いくぞ」

同じものが荷台にあと二台載っていた。順番に店の前に下ろしていく。

「繁田さん、これもらっちゃっていいのか」

腰に不安があって荷下ろしを見るにとどめていた竹治が言うと、繁じいは軽やかに笑った。

「礼は倅と嬢ちゃんに言いな、世話になったからよ」

きっかけは些細《ささい》なひと言だった。

謝礼をするべく店に訪れた繁じいに、壊れた什器を直せないか訊いてみると、補修するどころか丸々三日使って新しく什器をこしらえてきた。定休日前に手作りの木製什器は店に運び込まれ、ほかとデザインが揃うように三台もあった。

什器の脚にはキャスターが取り付けられ、斜めになっても鉢物の木枠が落ちないようにストッパーも付いている。骨組みは強固であり、手で押さえつけてみても小揺るぎすらしない。今使っている壊れかけの什器より頑丈で、腐食防止用に塗料も塗られていた。

「朝いちで持ってこようとしたんだが、乾かすのに時間かかっちまってな」

繁じいが荷台を降りる。肩からも荷を下ろしたように身軽い。

「そんなもんでどうだ。寸法測ったんで、今使ってるのに近いはずだが」

「充分だよ。カタログに載ってるのと見分けがつかない」

手放しで大樹が称賛し、繁じいは苦笑いを返して軽トラックの運転席に乗り込んだ。

「んな程度でよけりゃ、いくらでも作ってやるさ」

「ありがと。大事に使うよ」

「くれてやったもんだ、勝手にしな」

繁じいを乗せた軽トラックが走り去り、竹治は什器をくまなく観察している。

「良くできてるな、大したもんだぞ。おまえ何やったんだ」

「捜し物を手伝っただけ」

鉢物を移し替えるように言いつけた竹治は、腰を叩きながら店のなかに戻っていく。

店先には大樹と茜が残った。

しらけた視線を姉に絡ませる青葉も、である。

「で、なんで姉さんは今日も来てるの」

「アオちゃんのお迎えに」

閉店まで、まだ一時間以上はある。

「来なくていい。早く帰って」

「つれないこと言わないでよ。あ、あたしもやります」

いつもの諍いには発展せず、茜は涼しい顔で鉢花を手に取った。姉を追い払おうとするのは無駄だと悟ったのか、うんざりする青葉も鉢物を移し替え始めた。

セントポーリア、マーガレット、ポインセチアと、三人で鉢花を詰めていく。古い什器は解体するか、粗大ごみとして出すしかない。ひとまず今夜はどこに置いておくか大樹が決めかねていると、鉢花を両手で持つ茜がぽつりと言った。

「結局、幽霊はなんだったんだろ」

鉢を木枠に収めて大樹を見る。

「ですよね。幽霊が雪枝先生じゃないなら、お寺の幽霊は」

「人間ですよ。幽霊じゃなくて」

茜の目に好奇心の火がともった。

「大樹さん、何か知ってるんですか」

「知ってるというか……」

関わるのは極力避けるべきだと考えていた。人目を忍んだ森覚寺への侵入のみならず、檜に穴を開けるために刃物を持ち歩くような人物だ。真っ当な人物だとは思えないし、その隠し持つ刃物が凶器に変貌しないとは言い切れない。

いずれにしろ、目的を達したのなら二度と姿を現さないだろう。安全に正体を突き止める方法があるとすれば――。

そこで、けたたましいエンジン音が大樹の思考を中断させた。

車道を走ってきた古いスクーターが店先に停まる。またがっていた黒衣の和尚がライトを消して、外したヘルメットをハンドルに引っかけた。

「おうター坊、いてくれたか。いいタイミングだ」

「どうかした？　仏花の注文なら届けに」

「いやそうじゃねえよ。檀家さんのところでお勤めした帰りなんだが、ついでにおまえさんとこ寄って相談しようかなって」

スクーターを降りた和尚は、シートを持ち上げてトランクスペースを開いた。収納されていたアルミの工具箱を取り出す。

「昨日の晩だ。今はお化けヒノキのまわりに杭打ち込んでロープ張ってんだけどな。いい加減に張ってあるんで、ゆるまったロープ直してたんだよ。そしたら防風林の奥から誰か来て、声かけた途端に逃げていきやがった」

冷たいものが背筋を抜け、痺れたように肌が粟立《あわだ》つ。

「何時頃？」

「山門閉めて――、八時になってなかったと思う。こりゃ賊じゃねえかって、ゴルフクラブ取りに戻って防風林に踏み込んだんだが、逃げられたあとだった。それでな」

和尚が見せつけるように工具箱を持ち上げた。

「よっぽど慌ててたのか、防風林の奥にこいつが落っこちてて、道具が散らばってた」

「怖くないですか、それ……」

茜は若干腰が引けている。

「道具は全部拾い集めた。見てみろよ」

大樹は受け取った工具箱を検《あらた》めた。外見は使い古されている。開けてみると、平鑿《ひらのみ》や丸鑿、金槌、ドライバー、そして三ツ目錐《きり》と鼠歯錐《ねずみば》が入っていた。

どうやら錐を使って穴を開けたらしい。

ようやく幽霊の目的が把握できた。

「これ、警察には」

「届けてない。まずおまえさんに訊こうと思ってよ。なあ、お化けヒノキが枯れるってのは、それ使って何かやったせいじゃないのか」

「違うよ、やったんじゃない。これからやろうとしてるんだ」

開けた穴がひとつでは足りない。

いまだ仕掛けは途上にあり、犯行は達成されていないのだ。


数年前、テレビや新聞で取り沙汰された連続事件があった。西日本を中心に、各地の神木と呼ばれる高樹齢の檜や杉が枯れ始めたのだ。人の手によるものであり、手口はどれもこれも似通っていた。

巨木の根本にいくつか浅く細い穴を穿ち、なかに除草剤を注入する。すると、仮道管を通って吸い上げられた薬剤によって、樹木が立ち枯れしてしまう。だが、それは薬剤が通導した表面のみ、外観上でしかない。内部の細胞はしっかり生き残っており、倒木を回避すべく伐採されたとしても、価値は落ちず売り物になるというわけだ。

一説には木材の販売に携わる者の仕業だとされていたが、犯人逮捕には至らずそのまま終息していった。無論、単なる悪戯目的かもしれず憶測の域は出ない。間違いなく言えるのは、樹木の生理に造詣の深い人物が、周到な準備のもと犯行に及んだということである。

「つまり、今回のは模倣犯ですね」

茜が助手席側のドアを開け、ため息をついた大樹も運転席から外に出た。ドリアードの閉店後、大樹たちは森覚寺を訪れていた。

「危ないですって。車で待っててください」

「張り込みするなら、大樹さんだって危ないじゃないですか。一人よりも二人です」

道中でも説得を続けたが、彼女は応じてくれなかった。

「アオちゃんは車に残っててもいいよ?」

「わたしも行く」

青葉は難色を示していたものの、向こう見ずな姉が心配でついてきたらしい。それでも、妹の懸念をよそに茜は爛々《らんらん》と目を輝かせている。

「ほんとに現れるのかな」

「たぶん、ですが」

確たる根拠は何もない。ただの勘だ。工具を落としたのが昨日なら、翌日の今日、回収に現れるのではないかと考えた。一方、時間帯に関しては傍証がある。大樹と梅川兄妹、加えて和尚が目撃したのは、いずれも夜の七時から八時にかけてだった。

「では、犯人を捕まえに行きましょうか」

臆することなく、茜は昂然《こうぜん》と駐車場の砂利を踏みしめた。彼女の束ねた髪が吹き下ろす強風になびいている。上空の風が強い。この分だと、お化けヒノキの哭き声が聞こえるなかでの張り込みになりそうだ。

苔むした階段を上がって山門脇の木戸を開けると、手筈《てはず》どおり待ち構えていた作務衣の和尚が眉をひそめた。

「おいおい、女の子連れてきたのかよ」

「流れでこうなっちゃって……」

「大丈夫ですよ。大樹さんがついてますから」

茜は溢れんばかりに意欲をみなぎらせている。

やむなく柊姉妹の帯同を許したが、危険にさらす事態にはならないはずだ。相手は与《くみ》しやすい人物だろうから。

「張り込み、本気でやるつもりか。やっぱり警察に言ったほうが」

「ナシナシ。それはやめとこ」

和尚の意見を大樹は言下に打ち消した。

「証拠もないし、現状だと実害ないんだから警察には言いたくない。それよりも事情を訊いて、ちゃんと話をつけておきたいんだよ」

木に穴を開けた程度でも器物損壊の罪にはなる。けれども取るに足らない軽犯罪で通報するよりは、直接会って話をしたい。すでに犯人の目星はつけてある。相手は悪意を持って犯行に及んだのではない。

だが、大樹の想定している人物の人となりと、樹木の外見を枯れさせるという強引な手法が結びつかず、今ひとつ釈然としなかった。

「和尚さんは母屋に待機で。もう若くないんだから」

「なんだ、除《の》け者かよ」

張り込み前に、やっておきたいこともある。和尚がいると具合が悪い。

「ま、しょうがねえか。繁さん待たせてるしな」

「繁じい来てるの？」

「ああ、櫛を供養してくれとかなんとかでよ」

什器の制作にかかりきりで、依頼が今日になったのか。繁じいにとっては大切なことだ。そちらを優先してあげて欲しい。

「滅多な真似するなよ。あとで行くからな」

和尚の忠告を背中に受けて参道を進んだ。仏殿を横切り、ひゅうひゅうと鳴り響く音を耳にしながら地面に足跡をつけていく。

到着したお化けヒノキは、杭と縄を組み合わせて仕切ってあった。想像していたより厳重に囲いが作られている。大樹の進言を実行した和尚の仕事だ。嘆きに似た風音と木々のさざめきが聞こえている。陽が沈みつつある薄闇の境内は、慣れていても怖気づきそうになるほどの不気味さが漂っていた。

大樹はお化けヒノキの下に片膝をつき、樹皮の剝がされた箇所を指でなぞった。

釈然としないといえば、この穴も妙だ。錐を使ったにしては傷痕が粗い。四月に発見した当初には、削り出そうとしたのではないかと見間違えたほどに。

「アオ、毎度毎度で悪いけどさ」

漫然と檜を見入る青葉に声をかけた。

「例の幽霊を見た植物はいないかな。夜ではあるけどまだ起きてる植物がいるなら、杉の木でも草でもいい。訊いてみてくれないか」

確信を得ておきたい。必ずしも今日現れるとは限らず、傷痕の違和感もある。せっかく来たのだから、収穫なしで帰りたくはなかった。

「いいけど」

出没する時間帯は夜間であり、植物が見ていたのかどうかも定かではない。以前、青葉はそう言って断ったというのに、意外にも即応して防風林に近づいていく。

杉の幹に手を触れた。数秒で手を離し、隣の杉に移る。林立する杉の幹を触っては離れ、何度か同じ行為を繰り返す。

「この子、知ってるみたい」

あっさり言った。

「縁が黒い眼鏡かけてて、スーツ着てる男の人」

一瞬、誰を指しているのか理解が追いつかなかった。

「なんだって？」

感情のこもっていない双眸で青葉が見返す。

「黒縁眼鏡でスーツ着てる男の人。眉が太くておでこが広い人、だと思う」

「誰？　大樹さん、知ってます？」

茜に問われたが、答えあぐねた。

青葉が梨元の容貌を指して言っているのは明らかだ。

しかし、あり得ない。事前に確信を得ておけば対処がしやすいとの目算は、この瞬間脆くも崩れ去った。


木の下闇に身を沈め、大樹は気配を押し殺していた。時折吹く突風がおさまれば、遠くに響いていたお化けヒノキの哭き声も届かなくなる。月明かりが射す暗がりは、物音ひとつ聞こえなかった。

静かに眠る針葉樹林の闇に潜み、長い吐息を口から漏らす。

どうもおかしい。

雲行きが怪しくなってきたため張り込みの中止を主張してみたが、茜の抗議によって押し切られた。彼女は案外わがままだ。なんとかして言い含め、柊姉妹はお化けヒノキと少し離れた経蔵の陰に潜伏している。精一杯妥協点を探した結果だった。撒き餌《え》は終わっている。近傍にちりばめてある工具類が釣り餌だ。けれど、犯人には来て欲しくなかった。

大樹は闇のなかで熟考した。情報の錯綜に混乱してくる。

お化けヒノキは枯れつつある。

小さな穴が穿たれていて。

犯人は和尚と鉢合わせ、工具箱を落としていった。

話が出来すぎではないだろうか。

事の起こりは、大樹が樹間に見た白い影だった。最初から今までの事柄をひとつひとつ拾い上げ、俯瞰《ふかん》して考えてみる。

杏平が森覚寺で幽霊を見た。繁じいが県道で轢き逃げに遭う。青葉と事故の調査をして。梨元に出会ったあと。煙のように幽霊が消え失せる。雪枝先生の話を聞き。畑に埋められていた櫛を掘り出した。

すべては断続的に起こったのではなく、連綿と繋がった流れのなかで形を変え、水面下で進行していたとしたら——

たどり着いたその閃きに、思わず声をあげそうになった。口を押さえる。と同時に、かさりと落ち葉を踏む音が耳に入った。暗闇に慣れた大樹の視界に、黒い影が飛び込んできた。

背の高い影、男だ。

濃紺に沈む針葉樹林のなかをうごめき、一歩一歩慎重に移動している。足元を懐中電灯で照らしており、抑えた息遣いで足を忍ばせるそのさまは、いっそ爽快なほどに自分は怪しい者だと喧伝していた。

我知らず、手のひらに汗が滲んでいた。緊張によるものだ。大樹は呼吸を整え、ぬめった手のひらを服で拭った。

息を止め、機を見計らう。

瘦軀《そうく》の影は懐中電灯の光で地面を捜し、見つけた金槌に手を伸ばす。

「動くな!」

鋭く飛ばした声が影の側面に突き刺さる。ひっと息を吞み、影は一目散に駆け出した。

大樹は身を隠していた木陰を飛び出した。男の影を追いかける。木の小枝が引っかかり思うように進めない。がむしゃらに足を上げ、逃げる影を追走した。

防風林を抜け、お化けヒノキの正面に出た。障害物はなくなった。全力で疾駆する。男は逃走方向を変えようと試みた。

「あ、来た！」

経蔵の陰から出てきたのは茜だった。

男は茜に逃走を阻まれ、お化けヒノキに突進する。

そして、お化けヒノキのまわりに張られていた縄に足を引っかけた。もんどり打って倒れ込み、野太い叫びが境内に響く。

「大樹さん、無事ですか！」

傍らまで駆けてきた茜は、手にする懐中電灯で男を照らす。

「待った。ちょっと待ってください！」

光に浮かび上がったのは、眩しそうに手をかざす杏平だった。

よほど派手に転倒したのか、左半身が泥で汚れ、尻餅《しりもち》をついている。地面に打ちつけられていた杭は二本ほど倒れ、囲いの縄がたわんでいた。

「何してるんですか」

茜はあっけに取られている。

肩で息をしている杏平は、顔についた泥を二の腕で拭き取った。

「オレが訊きたいんですけど……」

「なんで逃げたの」

訝しむ大樹に続き、冷淡な目で見下ろす青葉も口を開く。

「何かやましいことを」

「違いますって！」

杏平は激しく首を左右に振る。

「そりゃ逃げるじゃないですか！　あんな暗いところで追いかけられたら！　頼まれたんです。工具拾ってこいって」

「おおい、ター坊！」

後ろから和尚が小走りで寄ってきた。

「騒ぎ聞きつけて来てみたら、こりゃどうなってんだ」

繁じいもいる。ドリアードに什器を運び込んだときの作業着のまま、険しい顔つきで唇は固く閉じられていた。

そこで杏平が目を泳がせた。和尚は気づくことなく詰問する。

「杏平かよ……。おまえさんが穴開けたのか」

だがしかし。

「俺だ」

と返したのは杏平ではなく、ほかならぬ繁じいだった。

「工具拾ってこいって俺がやらせた。まったく、ドジ踏みやがって。人のこた言えねえけどな。何しろ手がこんなだからよ」

　右手を持ち上げ、力なく笑う。

「利き手じゃねえと駄目だな。木に工具箱ぶつけた拍子に落としちまって。泡食って拾い集めようとはしたんだが、片手じゃ時間かかりすぎてよ」

「拾ってきたら、口添えをしてもらえるって話で……」

　身を起こした杏平は、正座でもするような姿勢で両膝を地面につけている。彼のか細い言葉尻は、薄ら笑いの繁じいが引き取った。

「スーパーの親父に、おまえんとこの倅は悪くねえから、取り上げた車返してやれってな。俺が和尚引きつけてる間に拾わせる算段だったんだが、まさか花屋の倅と嬢ちゃんたちが来てるとはよ。悪いことはできねえもんだな」

「繁さん、あんた」

　和尚が動揺で目を揺らしている。

「あんたがやったのかい。なんでまた」

「穴たくさん開けて除草剤流し込みゃ、見た目は枯れて切っちまうしかなくなるだろ。だが中身は生きてて高く売れる。いい金になるぞ」

「そんなもん、あんたは一銭の得も」

「切ったほうがいいんだ！」

突風が吹き抜ける。檜の嘆きと老人の叫びが重なった。囲いを越えた繁じいは、お化けヒノキの幹を穏やかに撫でる。

「こいつはもう枯れるんだ。死んじまうんだよ。だったら、生きてるうちに形を残してやりてえだろ。こいつの生きた証してもんを、残してやりてえじゃねえか」

「決めつけなさんな。枯れないかもしれんだろ」

「糞坊主にゃわかんねえよ。こいつをずっと見てきた俺にはわかる。こいつは苦しんでるんだ。叫んで喚いて、助けてくれってな」

繁じいは深く深く息を吸った。震える息を静かに吐き出し、淡々と言う。

「おまえら、こいつの天辺《てっぺん》に登ったことあるか。すげえ眺めだぞ。絶景ってやつだ」

大樹は靄《もや》のかかった景色を脳裏に浮かべた。

森覚寺を囲む防風林を越えると県道に繋がっている。四望してみれば連なる畑、木造家屋の多い町並み、商店街のドリアードも見えるかもしれない。

「こいつだって、俺たちを見てきたんだ。俺たちが生まれる前から、この町の歴史を見てきたんだよ」

もっと先を見渡せば一面の水田、送電線の鉄塔が点在し、彼方には山稜が広がっている。実際に登って眺めてみたら、いったいどんな風景なのだろう。

「知ってるか？　今の商店街な、昔はヤミ市だったんだ。筵《むしろ》敷いて商売してた連中が屋台構えて、店構えて、少しずつでかくなってってよ。田んぼと畑しかなかった村に人が増えてきて、町になってしばらく経った頃が絶頂期だ」

かつて商店街は買い物客で賑わい、絶え間なく人々が行き交っていた。

「今じゃ信じられねえくらい活気があったぞ。俺が建てた家だって町にはある。この腕で建てた自慢の家だ。それが——」

商店街には閉店に追い込まれ、シャッターを下ろしている店舗が何軒もある。どの店も再開する見込みはない。営業している店舗は減り続け、人通りも減り、町は次第に色褪せていく。

「俺みてえなジジイが騒いだって止められねえ。知り合いはどんどん死にやがる。建物はボロ屋だらけ、新築なんざどこにもねえ。若いやつらも出ていって、まるで活気がなくなっちまった。この町はどれだけ保つ？　二十年か三十年か。そんときは、おまえらだって逃げ出してるんじゃないのか。人がいなくなったらもう終いだ。草木に埋もれて、俺の生まれ育った町が消えちまう。何もかも、人の記憶からも消えちまう」

繁じいの声が上擦った。喉元の澱《おり》を吐き出すように。

「だからせめて、こいつは残してやりてえ。檜ってのはな、建材にしてやれば生まれ変わるんだ。この町の歴史を記憶して、千年以上生き続けるんだ」

雪枝先生が守りたかったものを。俺が生きた証しを。

耳に届いた最後の言葉は、お化けヒノキの慟哭に紛れて正確にはわからない。ただ、大樹にはそう聞こえた。

「本腰入れて、枯れねえように努力する。それじゃ駄目か」

「もういい、任せる」

和尚の声に振り返った繁じいは、憑き物が落ちたような顔をしていた。檜を離れ、立ち去ろうとする。すれ違いざま、青葉の頭に手を置いた。

「世話になったたな。あんまり姉ちゃん困らせんなよ」

大樹を見る。

「おまえにも礼言っとく。ありがとな」

ひやりとした。充血した老人の目には、冷気を伴ったほの暗い諦念があった。

「和尚、悪かったな。櫛の供養、頼んだぞ」

「おい、繁さん」

背を見せた繁じいに、止めようとして上がった和尚の手が空を切る。檜の慟哭が境内に響くなか、かけるべき言葉が見つからず、誰も声を発しなかった。

丸まった猫背が闇に消え、そして――

大樹が繁田老人の姿を見たのは、その夜が最後となった。

〈7〉春が終わる

夏至が間近、六月に入っていた。梅雨の晴れ間の青空は強い陽射しを降り注ぎ、頭上に浮かぶ入道雲がいやがうえにも炎夏の到来を予感させる。眼下に屈む少女の制服も、白さが眩しい夏服に替わっていた。

土曜日の今日、当初予定していたとおり午後に少し時間をもらい、わざわざ制服でアルバイトに来た青葉とともに森覚寺を訪問していた。墓石と卒塔婆《そとば》が近辺に立ち並ぶ共同納骨塚には、線香の匂いがほのかに漂っている。

「繋じい、家族いないのかな……」

納骨塚に手を合わせる青葉がぽつりと呟く。

「さあ、知らない」

「親戚とかもいない？」

「どうだろ」

大樹は繋田老人のことを何も知らない。結婚はしていなかった。兄弟がいるかはわからない。和尚に聞いたところによると、県外にいる縁者には引き取りを拒否されたらしい。その縁者が法律上の親族にあたるのか、関係の薄い遠縁なのかも知り得なかった。

「寂しくないのかな」

「ここには、仲間がたくさんいるから大丈夫」

近くの木立が、夏の匂いを運ぶ南風に吹かれていた。

あの日以来、繁じいは自宅にこもって出てこなくなった。

発見されたのは一週間ほど前。何度訪れても独居老人が留守にしているのを不審に思った民生委員が、警察官立ち会いのもと家捜しすると、庭にある檜のたもとで繁じいが息を引き取っていた。死後数日、吐瀉《としゃ》物を喉に詰まらせたことによる窒息死である。酒瓶と割れたコップが転がっていた状況から、泥酔して嘔吐したのだろうと判断がなされていた。葬儀は行われていない。遺体は市によって荼毘《だび》に付され、和尚の好意で森覚寺の共同納骨塚に埋葬された。

「そろそろ行こうか」

促すと、青葉は静かに立ち上がった。

ふと思う。繁じいにとって雪枝先生は拠り所ではなく、枷《かせ》だったのかもしれない。繋ぎ止めていたものがなくなり、解き放たれてしまったのではないかと。

物事にはいくつもの見方がある。正しい答えは、永遠に導き出せそうにない。

墓地を離れ、参道を歩く途中で青葉が言った。

「お化けヒノキ、どうなったの？」

「どうにもなってないよ」

「そう……」

青葉は参道を外れて先を行く。無言で大樹もあとを追った。

お化けヒノキは、今も雄大な体躯を保っていた。境内に吹く微風に葉をそよがせ、物言わず聳立している。

付近の土壌には、樹木医が調査のため掘り返した形跡がある。根に傷が見つかり、いちおうの回復処置は取られていた。だが、樹勢が弱まっている素因とはいえず、治癒するかは経過を観察するほかないという。枯れつつある直接原因は不明。そう聞いている。

「この子は、繋じい覚えてるよね」

青葉はそびえる大檜を見上げている。

「声は聴こえる？」

「聴こえない。この子はもう喋れないから。でも、たぶん」

檜の針葉がざわと揺れる。

お化けヒノキが応えたように見えた。

老人がいなくなっても日常に変化はない。大樹は配達で忙しく、青葉はアルバイトを続けており、茜はたまにふらりと立ち寄って、世間話をして帰っていく。ドリアードも、買い物客が疎らなシャッター商店街も変わらなかった。

「サボりついでだ。パナケア寄ってこ」

駐車場に商用車を入れ、大樹は店に帰る道すがら青葉を誘った。

「ごはんもう食べた」

「朝にかき氷の旗が出てるの見たんだよ」

青葉は口をすぼめる。

「まだ六月」

「いいだろ、初物だって」

ドリアードの前を素通りして商店街のアーチをくぐる。土曜の昼だというのに、相も変わらず商店街の人通りはごく少ない。パナケアの日除け下には、かき氷の吊り旗と真新しいガラス製の風鈴が吊るされていた。りん、と涼やかな音色を奏でている。

「こんにちは」

「おや、こんな時間にどうしたの。デートかい？」

カウンターで迎えたマスターが、軽妙に冗談を飛ばしてくる。ほかに店員の姿はない。遅い昼休みでも取っているのだろう。

「もう風鈴出してるんですか」

「夏が待ち遠しくてね」

店内には何組か先客がいた。年配者ばかりだ。大樹と青葉は店の奥、陽の当たる座席に向かい合って腰を下ろした。ガラス張りの壁から表通りがよく見える。

「マスター、初物のかき氷お願い。レモンで。アオは？」

「ブルーハワイ」

「普通にイチゴ頼もうよ。イチゴたくさん仕入れたのに、みんな別のを欲しがって減らないんだよ」

不平をこぼして店主は厨房に入っていく。

ほどなくして運ばれてきた黄色と青色のかき氷は、眺めているだけで寒くなりそうな透明感があった。スプーンで掬って口に入れてみると、味より先に氷の冷たさが歯に凍《し》みる。

「かき氷まだ早い。風邪ひいちゃう」

ひと口ごとに「冷たい」と言いながらも、青葉はかき氷を味わっていた。店内には冷房が入っていないが、氷を食べていると体の芯が冷えてくる。

「レモンとブルーハワイ混ぜると、メロン味になるって知ってる？」

青葉の与太話に、大樹は呆れ返って小さく笑う。

「嘘つけ。ならないだろ」

「ぶー、不正解。メロンもレモンも、シロップの味は全部同じ」

「このかき氷、レモンの味がするけど」

反論すると、青葉が鼻を高くして得意満面になった。

「色と香料による思い込みなんだって」

「へえ……そうなの」

思い込み、先入観か。

さくさくと氷の山を崩していく。

「大樹くん、ベロが黄色になってる。病気みたい」

「アオだって青くなってるだろ。病気だ」

互いに舌を見せて笑っていると、近くにいた老夫婦が席を立ち、会計をして出ていった。店内にいるほかの客とは距離があり、こちらの会話内容は届かない。頃合いだった。

「結局、墓の下に持っていっちゃったな」

唐突な大樹の呟きに、かき氷を掬っていた青葉の手が止まった。

大樹は少女の目を覗く。

「それじゃ、答え合わせをしようか」

　青葉はぽかんとしているが、構わず続けた。

「順を追って整理してみよう。まず、ラベンダーの種をあげた日を覚えてる？　春休みが終わる前日だ。そのあとアオが店の貼り紙を見て、面接にやってきた」

「覚えてるけど。何の話？」

「いいから。偽畑に行ったのは、お父さんの同意書をもらって正式にバイトを始めたあとだよな。アオは愛想がないし行動が突飛だし畑で変なこと言い出すんで、俺、扱いにくいなって思ってたよ」

「それは謝ったでしょ」

　不満顔の青葉には応じず、さらに続ける。

「畑に行った次の日、杏平くんが森覚寺で幽霊を見た。彼は幽霊を怖がって、県道で交通事故を起こしてしまった」

「うん、繋じいを轢き逃げした」

「俺はその轢き逃げ事件を翌日のここ、パナケアで和尚さんに聞いた。連続で夜間に配達があってさ、雨が降ってたのを覚えてるよ」

「わたしはそれ知らない。大樹くんとベンチで話した日の前？」

「そ、アオが帰ってこないって、夜に茜さんから連絡があった日の前日だね」

「鉢花の什器が壊れて、大樹くんと姉さんがごはん食べに行った。わたしを一人だけ蚊帳《かや》の外にして」

大樹は苦笑を口角に浮かべた。

「定休日にアオと交通事故を調べて、一緒にごはん食べたろ」

「美味しかった。また連れてって」

先に進める。

「しばらく日を置いて、杏平くんの幽霊話を聞いた。ライターが境内に落ちてたってのも和尚さんに。後日、俺は森覚寺で梨元さんに会った。あの人、徒歩で来ててね。バス停まで送ろうとしたんだけど、やめといてよかった。店に戻ってみたら」

「わたしと繁じいが待ってた？」

大樹は両肩をすくめてみせた。

「だね。ほかの人には聞かせられない話だったから」

「それで、雪枝先生の櫛を捜すことになって」

「森覚寺に行ったけどわからずじまい。二日後に畑を掘って捜し当てた」

「ほうれん草パーティもした。姐御、料理うまい」

楽しかった畑の宴を思い出したのか、青葉は口元をゆるませた。スプーンを持つ手は完全に動きが止まっている。

「ここまではいい？」

テーブルの上で指を組んだ大樹は、頷く青葉の黒目がちな瞳を見据える。

「さて……実を言うと、アオにラベンダーの種をあげた日が始まりじゃないんだよ。春休みが終わる前々日、俺もお化けヒノキの前と防風林で幽霊を見てるんだ。杏平くんが目撃した幽霊と同一人物で、そいつが檜に穴を開けた」

少女の目が細められた。

「繋じいじゃないの？」

「時系列がおかしい。お化けヒノキが枯れるのを繋じいが知ったのは、雪枝先生の話をして森覚寺に行ったときだ。繋じいはショックを受けてた。あれが演技だったら助演男優賞ものだよ。だいいち、幽霊を見た杏平くんが、逃げた先の県道で繋じいと事故を起こしたのは辻褄《つじつま》が合わない」

不自然な点はほかにもあった。

「それに幽霊は不慣れで、穴をひとつ開けるのに何日もかけていた。繋じいが幽霊だったら一日で終わる仕事だ。根本にある傷痕も粗かった。使ったのは錐じゃなくて、彫刻刀か何かだったんだろうな」

「じゃあ、誰？」

「黒縁眼鏡でスーツ着てる男の人って、アオが言ってたろ」

轢き逃げ犯も櫛の在り処も、植物の声を聴いて青葉は正確無比に割り出した。にもかかわらず今回は外しており、犯行を告白したのは繁じいだった。

幽霊に限って青葉がなぜ間違えたのか。相応の理由があるはずだ。

「アオは思い込んでいた。俺にも思い込みがあった。梨元さんには動機がある。幽霊が出るのは、山門が閉じられた夜の七時から八時にかけて。あの人は徒歩だったから、最終バスに乗り遅れないようにしてるんじゃないかって、俺はそう考えていた」

だが梨元ではない。

大樹は瞼を閉じ、胸いっぱいに息を溜める。つと目を開いた。

「幽霊は柊青葉、だろ?」

溶けだしたかき氷の山が崩れ、青色に染まる器のなかに沈んでいく。

テーブルのかき氷、店内の壁、観葉植物のドラセナへと青葉は視線を彷徨わせる。

最後は首ごとまわしてガラス越しの表通りに目をやった。

「今からする話には憶測も入ってる。違う部分は補足してくれていい」

沈黙をもって青葉は肯定し、促している。

「アオが初めて店に来た日、あれは気まぐれでも偶然でもない。前日俺に見られたんで、バレたんじゃないかと疑って偵察に来た」

大樹が白い影を目撃したとき、ドリアードのエプロンをつけていた。バス停近くにある店名を青葉は覚えていたのだ。

「バイト募集の貼り紙を見つけたのも、お墓参りの行き帰りじゃない」

檜に穴を開けるためだ。

山門が閉じられて参拝客がいなくなるのは午後七時前後、最終バスが来るのは八時十五分で一時間強しか余裕がない。穴をひとつ開けるのにも苦労していた青葉としては、通わざるを得なかった。

「杏平くんが遭遇した幽霊。首が浮かんでいたと彼が語ったのは、アオが着ていた濃紺のブレザーが暗がりで保護色になっていて、首が目立って見えたんじゃないのかな」

大樹のときは春休みで青葉は私服だ。だから白い人影だった。

「悲鳴に驚いた和尚さんがやってきて、杏平くんたちを追うようにアオは逃げた。防風林を無事抜けられたのはいいとして、そこで巾着袋を拾ったんだよな。捨てていけばいいのに、なんで持って帰ったんだよ」

表通りに目を据えたまま、青葉は横顔を見せている。

強引に聞き出そうとは思わない。大樹は辛抱強く言葉を持った。からんころん、とカウベルの音がした。一組の客が出ていくと、青葉は諦めたように息をついた。

「拾ったときに、ちょうどスクーターが走ってきたから」

和尚が乗っていたスクーターだ。

急いで逃げたせいで、持ってきてしまったというところか。

巾着袋のなかには、高価そうなオイルライターが入っていた。捨てるには忍びない。警察に届けるには拾った時間と場所を話せない。青葉は弱りきり、森覚寺に置いてこようと考える。翌日の夜は土砂降りだった。ライターの返却は日をまたいで決行される。

「次にアオが森覚寺へ行ったのが、什器が壊れた日の閉店後だ」

前日の降雨によって、防風林内はぬかるんでいたはずだ。あの日青葉が店で使う運動靴を持って帰っていたのは、通学用の靴が泥で汚れないようにするためだろう。

「ところが、ここで難題が持ち上がる。防風林の道を和尚さんが見廻っていて、接近するのが難しくなっていた。時間をかけて侵入機会をうかがうしかなかった」

青葉はこのとき判断を誤る。防風林の道を巡回する和尚に隠れての侵入と脱出に手間取り、制限時間を大幅に過ぎてしまった。

「アオがバス停で空を眺めてたのは、帰りづらかったんじゃないよな？　時間がかかったせいで、最終バスに間に合わなかったんだ」

柊青葉という少女を大樹は誤解していた。

「うまく騙されたよ。今にして思えば、アオはお姉さんに叱られたのを気に病むようなタマじゃない」

「大樹くんが勝手に勘違いしただけ」

青葉の表情は強張《こわば》っている。

「以降は茜さんが迎えに来る日が続いて、アオは森覚寺に行けなくなった」

だからこそ、穿たれた穴はひとつで終わっていた。中断を余儀なくされたのだ。森覚寺の幽霊は消滅し、現れなくなる。

「雪枝先生の櫛がターニングポイントだな。アオは梨元さんのことを俺に聞いて、繁じいとも繋がりができた」

小宴会後、畑を掘る直前の光景がよみがえる。

「畑のシートでさ、繁じいと何か話してたよな。頼んだのはあのときか」

返答はない。

「なんで俺に言わなかった」

少女の頬が引きつり、幼い面差しがみるみるうちに曇っていく。泣きだすのではないかと、大樹は内心に汗をかいた。

だがそれは束の間で、青葉は拗ねたような声を口端から漏らした。

「だって、繁じいが黙ってろって。怒られるか補導されるかするかもしれないって。姉さんと大樹くんに迷惑かけたらダメって言われた」

「繁じいが、そう言ってたのか……」

工具箱を落とした日も、杏平に拾ってくるよう指示した日も、繁じいは見つかりにくい真夜中ではなく、青葉と同じ時間帯を選択した。庇っていたのだろうか。万一発覚した場合を考慮に入れて、すべての泥をかぶるつもりで。

あるいは繁じいにとっては、見つかろうが見つかるまいが、どちらでもよかったのか。それとも、見つかるのを望んでいたのだろうか。立つ鳥は跡を濁さない。搦《から》め捕《と》られていた雪枝先生から解放され、罪も何もかも引き受けて、お化けヒノキの後事を託して。

だとすると、繁じいが庭の檜の下で亡くなっていたのは。

嫌な想像だ。

いずれにせよ、もはや真実は藪のなかである。

「あとひとつだけ。繁じいが檜を伐採させようとしてた動機はなんとなく理解できる。だけど、アオには動機がないだろ?」

青葉は植物を枯れさせるどころか、死にゆく畑のほうれん草を救いたがっていた。

一貫性がなく、行動理念が判然としない。

しかし青葉は、「あるよ」と言って睫毛を伏せた。

「お母さんのところに行くと、いつもあの檜は苦しんでた。もう治らないのに、あの子はずっと苦しみ続けてる。可哀想で見てられない」

つまり、安楽死だ。

ようやく喉のつかえが取れたように、青葉の視線が店内に戻った。透明な器のかき氷は形が崩れ、澄みきった青色を湛えている。

「大樹くん、いつ気がついたの？」

「アオが梨元さんの容姿を言い出したとき。咄嗟《とっさ》に嘘ついたんだろ？　関係ない人になすりつけるなんて、ひどいな」

「もう来ないって言ってたし、証拠がないって大樹くんが。……ごめんなさい」

さすがに反省しているらしく、青葉は俯いて器のスプーンをもてあそんでいる。

幼く見える少女の仕草に、大樹は声を和らげた。

「梨元さん、そういう人じゃないよ」

「いい人？　でも、人は見かけによらないかも」

「ぶー、不正解。だから、アオは思い込んでるんだって」

青葉が眉を歪めて小首を傾げる。意味がわからないらしい。

「あの人は――」

大樹が言いかけたところで、視界の端に黒い影が横切った。

黒いスーツの梨元が表通りを歩いていた。ガラスの壁にこめかみをつけて片目で覗くと、梨元はかき氷の吊り旗前で立ち止まった。吊り旗を凝視して、ガラス越しでも唸る声が聞こえてきそうなほどに迷っている。

「梨元さん」

軽くガラスを叩いてみると、梨元もこちらを見つけて会釈した。口を動かして喋っているが、ガラスに遮られて聞き取れない。

伝わっていないのを梨元も察したようで、パナケアのカウベルを鳴らして入ってきた。大樹の姿を捜し、座席に近づいてくる。

「草壁さん、どうも。ご無沙汰しております」

立ち上がった大樹も挨拶を返す。

「こちらこそ。お久しぶりです」

「大樹くん、誰？」

青葉が腰を浮かせ、服の袖を引っ張ってくる。

「だから、梨元さん」

すると、青葉の目が大きく見開かれた。

「女の人だけど」

「そうだね、女の人」

事故調査のときはお爺さん、櫛探索のときは女の子と、青葉は性別を正しく言い当てている。しかし、幽霊については「男の人」と間違えた。嘘だと勘づくのは、そう難しくはなかった。

思い込んでいた張本人である青葉は顔を赤くし、唇をひん曲げている。呻きながら嚙みつかんばかりに睨み上げてきた。

「インチキだ！」

「なんでインチキだよ。俺、男なんてひと言も言ってないだろ」

「あ、あの。私が何か悪いことを」

パンツスーツに身を包む梨元は、丸い額をハンカチで拭って目を白黒させている。ちょうどいい。この人の好《よ》さそうな女性なら、お化けヒノキを安心して任せられる。

「梨元さん、今からお寺に行きませんか。檜を切るように俺も頼んでみます」

「ほんとですか！」

居心地が悪そうにしていた梨元は、喜色を浮かべ眉を開いた。

「アオも一緒に。和尚さんに頼んでみよう」

急がねばなるまい。老人と町の記憶を檜が残しているうちに。

かき氷の会計を済ませ、大樹はパナケアの扉を抜けた。頰を膨らませる青葉もあとに続く。外に出てみると、閑散とした商店街を強い陽射しが照りつけていた。春が過ぎ、移り変わろうとする季節の狭間は、空が青く澄み渡り清爽としている。

吊るされた風鈴が、りん、と鳴った。

夏が、始まろうとしていた。

〈主な参考文献〉

『植物は〈知性〉をもっている　20の感覚で思考する生命システム』ステファノ・マンクーゾ、アレッサンドラ・ヴィオラ他著、久保耕司訳（NHK出版）
『植物はそこまで知っている　感覚に満ちた世界に生きる植物たち』ダニエル・チャモヴィッツ著、矢野真千子訳（河出文庫）
『植物は気づいている　バクスター氏の不思議な実験』クリーヴ・バクスター著、穂積由利子訳（日本教文社）
『お花屋さんの仕事 基本のき　今さら聞けない、仕入れ・販売・店作りのこと』日本フローラルマーケティング協会編（誠文堂新光社）
ほか、日本植物生理学会さまのウェブサイトなど。

〈解説〉
静かに眠る森のように

古山裕樹（書評家）

息詰まるサスペンスも、手に汗を握るアクションシーンもない。社会を揺るがす巨大な企みも、背筋が凍るような恐るべき事件もない。エキセントリックなキャラクターもいなければ、奇想天外なアイデアが詰め込まれているわけでもない。いたって地味な物語である。

にもかかわらず、この小説には、手にとった者を魅了《みりよう》して読ませる力がある。

冴内城人『静かに眠るドリアードの森で　緑の声が聴こえる少女』は、第十九回『このミステリーがすごい！』大賞の一次選考通過作品をもとに加筆修正した作品である。

選考の過程では、ミステリとしての弱さが指摘されながらも、「作品の独特の世界観には魅力を感じただけに惜しい」（村上貴史《むらかみたかし》）と、「小説としては、非常に愉《たの》しく読むことができた」（千街晶之《せんがいあきゆき》）、ミステリという枠組みの外での魅力に言及された作品である。それゆえに、受賞には至らなかったものの、こうして《隠し玉》として刊行に至った。

では、その魅力とはどんなところにあるのだろうか？

その手がかりを、主人公の二人——大樹《たいき》と青葉《あおば》がお互いを知る過程に見ることができる。大学で植物学を学んだものの、挫折を味わって帰郷し、いまは家業の生花店を手伝う大樹。その生花店を訪れ、アルバイトとして働くことになる高校生の青葉。

二人が初めて出会う場面で、大樹は青葉について、ある先入観を抱いてしまう。次に二人が顔を合わせる場面で、その先入観は覆され、彼は誤解に気づく。さらに、青葉の特殊な能力に気づいた大樹が彼女にそのことを告げる場面で、青葉の新たな一面が見えてくる。

相手について、それまで知らなかった一面を知る。そして、この人はこういうタイプの人物だという、相手に対する先入観が覆される。この物語で多く見られる展開だ。

この小説の中に仕掛けられた「驚き」の多くは、他者に対する先入観がひっくり返ることで成り立っている。ささやかなものから、物語を動かす重要なものまで、人々の個性に関するさまざまな「驚き」が、物語のあちこちに描かれている。

そして、そうした描写が「驚き」として作用するには、それが意外な一面として受け止められるためには、読者の中に、作中人物が抱くものと同じ先入観を形作る必要がある。

……と、回りくどい書き方をしてしまったが、つまりは人物の描写である。

例えば、冒頭での和尚と大樹の会話。わずかなやり取りの中に、両者の関係が浮かび上がる。喫茶店パナケアでのマスターや客たちの会話にも、それぞれの個性と、お互いの関係がにじみ出る。ことさら説明口調になることもなく、日々交わしているような会話を積み重ねて、それぞれの声が読者の心に刻まれて、キャラクターの輪郭《りんかく》がくっきりと形作られる。

巧妙《こうみょう》なのは人物描写だけではない。ストーリーやアイデアの見せ方や、情報を提示する順序にも工夫が凝らされている。

例えば、本書で重要な役割を担っている、植物の声を聴く能力の扱い方だ。本書を読み返して驚いたのだが、大樹と青葉がこの能力を使ってある事件の真相を探ろうとするのは、なんと全体の半分を過ぎてからである。

冒頭にインパクトの強い事件を提示して、読者をつかんでノンストップで結末まで駆け抜ける。そんな娯楽作品も数多い中で、本書は圧倒的なスロースターターと言っていい。確かに、ミステリとしての立ち上がりは遅い。だが、その遅さは決してマイナスではなく、むしろ本書の魅力でもある。

植物の「声」を聴くという概念を、大樹の回想、青葉のちょっとした言動、大樹と茜《あかね》の会話……と、描写を積み重ねて、じっくりと根を張って、先を急がず、少しずつ読者に提示する。そうして、非日常の設定を無理なく受け入れられるようにする。

その過程に物語の半分を費やしても、決して冗長には感じさせない。日々の描写に埋め込まれたできごとが伏線として作用して、後から回収されることで小さな驚きをもたらす。ちょっとした「あれはそういうことだったのか！」が積み重なって、物語がミステリとして動き出す過程そのものを楽しませてくれる。

そうした描写を土台にして、慎重に、そして丁寧に組み立てられた世界と人物もまた、本書の魅力を形作っている。

といっても、舞台はさほど特殊なところではない。人口が減って徐々に寂れている、日本のどこにでもありそうな小さな町。他の町になさそうなものといえば、「運良くなのか悪くなのか天然記念物指定を外れ、ほぼ無管理で森覚寺《しんかくじ》の敷地内に聳立《しょうりつ》する針葉樹の巨木、推定樹齢三百五十年以上の檜《ひのき》」くらい。その巨木もまた、衰えの兆しを感じさせる。

そんな下り坂を歩む土地で、挫折を抱えた若者と、周囲に理解され難い能力を持つ少女が、植物をきっかけに、自分たちがすべきことを見出して前に進む。これはそういう物語だ。

本書には根本からの悪人は登場しない。かといって、厳しさを取り除いた生ぬるいだけの作品では決してない。作者は地域の衰退という現実から目をそむけているわけではない。パワースポットだ霊樹だとネットで怪しい情報を発信する和尚も、その動機は町おこしにある。あるいは、豪快なキャラクターに見える姐御《あねご》が、ふと見せる意外な一面。喫茶店パナケアのマスターが語る、店への思いと常連客たちの事情。

そんな、優しいとは言えない現実に向き合いながらも、善意を失うことのない人々。その思いと行いの連なりが、謎を生み出し、そして解き明かし、物語を推し進める。表層だけではない優しさは、決して派手ではないが、大地に根を張った巨木のような安定を感じさせる。

作中、青葉は「あの場所は、すごく静かで優しいから」と語る。彼女と大樹の働く生花店を指しているのだが、この小説にも当てはまる言葉だ。

人物と土地、そして樹木が重なり合い、埋もれていた物語が掘り起こされる。その過程を、決して急ぐことなく、じっくりと丁寧に描き出す。この解説のはじめに、いたって地味な物語と書いたけれど、むしろ滋味と言うべきだろう。

スリル、サスペンス、スピーディな展開。そんな「動」の魅力が光る物語は数多い。本書はそうした作品とは趣の異なる、「静」を基調としたゆったりとした作品だ。題名のとおり、静かに眠る森のような作品と言ってもいい。その落ち着いた心地よさが、読む者を魅了して、物語の世界に引き込んでくれることは間違いない。

この作品でデビューした冴内城人は、今後どんな木を育てて、どんな花を咲かせるのか。本書の先に、さらに大きな森が広がっていくことを楽しみに待ちたい。

二〇二一年三月

刊行にあたり、第19回『このミステリーがすごい！』大賞応募作品「静かに眠るドリュアデスの森で」を改題し、加筆修正しました。

この物語はフィクションです。作中に同一の名称があった場合でも、実在する人物、団体等とは一切関係ありません。

宝島社
文庫

静かに眠るドリアードの森で　緑の声が聴こえる少女
（しずかにねむるどりあーどのもりで　みどりのこえがきこえるしょうじょ）

2021年4月21日　第1刷発行

著　者　冴内城人

発行人　蓮見清一
発行所　株式会社 宝島社
〒102-8388　東京都千代田区一番町25番地
電話：営業 03(3234)4621／編集 03(3239)0599
https://tkj.jp
印刷・製本　中央精版印刷株式会社

ISBN 978-4-299-01595-2